JN211075

ARIKUI no INBOU

アリクイのいんぼう

運命の人と秋季限定フルーツパフェと割印

鳩見すた
Suta Hatomi

アリクイのいんぼう

もくじ

ARIKUI no INBOU

成長するNと
クリームソーダと御朱印

1

蚊に刺されて一番最悪なのは、むこうずねの辺りだと思う。

単純にかゆいし、骨が浮き上がったところはうまくかけないし、制服のスカートとソックスの間って、なんかすごい目立つし。

だからかゆみ止めを塗ってすーっとしたいのに、薬箱に見つけたそれは見事に空っぽだった。お父さんは絶対使わないから、補充しなかった去年のわたしが悪い。

「おばあちゃんがいまも一緒に住んでたら、きっと知らないうちに新しいのを買っておいてくれたのに……」

そう考えた自分に腹が立ち、わたしはピンクの腫《は》れに指先を伸ばした。

『ノナ。こういうところを刺されたら、爪《つめ》の先を押し当ててバツをつけるんだ。そうするとほら、比較的、跡が目立たずかゆみもおさまる。おまけにロボットみたいでかっこいいだろう?』

むこうずねの腫れにネジの頭を作り、ニヤリと笑ったお父さんの顔が頭の隅をよぎる。隣には変なこと教えないでと呆《あき》れるお母さんがいて、喜んで自分をロボットに改造する小さなわたしもいた。

「……ふん」

鼻で大きく息を吐き、ベッドから立ち上がる。自分の部屋を出てお風呂場《ふろば》へ向かうと、シャワーの水を思い切り足にかけた。

「ふっ……ひぃ」

かゆみが引いていく気持ちよさに、思わず変な声が出る。でもこれでいい。足にばってんなんてつける必要ない。わたしはもう子どもじゃない。

すっきりしたら少し気分が晴れた。ついでにお風呂も洗っておこう。

洗剤のノズルを浴槽に向ける。わたしは少しためらってから、ぴゅっぴゅと盛大に発射した。景気よくお風呂のフタにも乱射して、スポンジでゴシゴシとこする。

「いい気味、ＡＮ」

泡だらけになった浴室で、わたしは気分爽快《そうかい》だった。

『ＡＮ』はわたしがつけたお父さんのあだ名。先月十四歳になったわたしと、四十四歳のお父さんとの間には、その年齢差以上に理解できない溝がある。

お父さんは携帯もガラケーだし、新聞紙でニュースを読むし、明日の天気が知りたいときは、永遠とテレビのチャンネルを切り替えるし。

おまけにわたしが使う言葉に、『永遠とじゃない、延々とだ』とか、『一番最悪は意味が重複している』なんて感じで、いちいち文句をつけてくる。ニュースも天気もスマホで見れるよと教えてあげても、『ら抜き言葉はやめろ』とまた怒られる。

国語の時間に、先生が「デジタルネイティブ」という言葉を教えてくれた。わたしたちみたいに、生まれたときからパソコンに触れている世代を指す言葉らしい。

『そんな風に世代が違うと、外国人と話すみたいに言葉が通じないことがある。俺とおまえらとかな』

先生は騒がしい教室を見渡し、誰《だれ》も聞いていない授業を続けた。

申し訳なく思いつつも、わたしはその話にとても納得したのを覚えている。

お父さんはアナログ世代だから、わたしと話がかみ合わないのだろう。『このお菓子、超やばい』って言ったら、『そんなにまずいのか?』って返ってきたし。

昔はよかった。お父さんも子どもっぽいところがあったけど、わたしも子どもだったから。お互いに子どもの言葉でしゃべって聞いて、話がきちんと通じていたから。

でも、最近のお父さんはとにかくやばい。

『無駄に洗剤を使うな』、『スマホばっかり見るな』、『食事のときにジュースを飲むな』、『ビールはいいんだ』、『口答えするな』、『親の言うことを聞け』、『宿題やったのか？（やってないだろ？）』、『いま何時だと思ってるんだ！（夜）』、『いま何時だと思ってるんだ！（朝）』、などなど。機嫌の悪い子どもみたいに、こっちの言い分も聞かずに全否定。

お父さんはアナログな上にとことん「否定的《ネガティブ》」。だからアナログネガティブの頭文字を取って、ANと呼ぶことにした。

ちなみにわたしは、お父さんがスーツに白靴下でかっこ悪いなあと思っても、その靴下を丸めたまま洗濯機に放《ほう》り込んでも、別に文句を言わない。ゴム手袋をしてこっそりANを連呼しながら、丸まった靴下を伸ばして洗うだけ。

否定の言葉にはトゲがあって、いつまでも相手の心に刺さると知っているから。そういう意味では、わたしも「消極的《ネガティブ》」かもしれない。けれど相手を傷つけるよりはずっといいと思う。お父さんのことは嫌いだけれど、無神経な言葉で誰かの人生を狂わせるのはもっと嫌だ。

ずっと、そう思っていた。

「ノナ、飯だぞ」

お父さんがキッチンでわたしを呼んでいる。

「……」

わたしは返事の代わりにコックをひねり、もう一度すねに冷たい水をかけた。

「ノナ、学校はどうだ」

お父さんが『いただきます』のあとにそう続けるのは、百回目くらいだと思う。

「わたし、いじめられてるよ」

そう言ったら、お父さんはどう思うだろう？

きっと、どうも思わないんだろうな。たぶん理由も聞かず、『おまえにも問題がある』って否定されるだけ。お父さんはわたしを心配しているんじゃなくて、親の義務として会話しているだけだから。

「別に」

わたしはいつもと同じ言葉を返し、無言で食事をする。

お父さんの作る料理は、おいしくもまずくもない。この間までは、なんでも味が濃くて文句を言いたかったから、上達したんだと思う。別にどうでもいいけど。

「ごちそうさま」

作業みたいな食事を終えて立ち上がると、お父さんと目が合った。なにか言いたげにその口が半分開いたけれど、わたしは無視してキッチンへ向かう。

あれほどガミガミうるさかったANのお父さんは、先週わたしがあれを言ってから口数が少なくなった。それはずるい言葉だったかもしれないけれど、言わせたほうが悪い。先に『反抗期か？』なんてこっちのすべてを封じる否定をしたのは、お父さんのほうだ。

心のもやもやを押し流すように、思い切り蛇口をひねる。

黙々とお皿を洗っていると、すりガラスの向こうに雨を感じた。

水を流しているから音は聞こえないのに、六月の雨は匂《にお》いと温度で存在を押しつけてくる。まるでしゃべらなくても目でわたしを否定する、お父さんみたいに。

「……うるさいよ」

わたしは毎日を穏やかに過ごしたい。お母さんやおばあちゃんみたいな物静かに見守ってくれる人たちと暮らして、誰も否定せずに生きていきたい。

なのに、お父さんも、学校も、雨も、みんながうるさくてすごくイライラする。

「早く、週末になって」

水音に愚痴をまぎれこませ、わたしはリビングへ戻った。

ゴールデンウィークが終わったから、次の祝日はもう夏休み。雨も学校もうっとうしいいま、わたしの楽しみは週末しかない。

ごく近い将来、わたしは家を出ていくつもりでいる。具体的には田舎のおばあちゃんに引き取ってもらう予定。

だから週末は、神社やお寺で祈っていた。体調を崩したおばあちゃんが早くよくなりますように。そしてANなお父さんのところから、わたしを引き取ってくれますようにって。それだけが、いま唯一の楽しみ。

「ノナ、本当に学校でなにもないのか?」

ソファでテレビを見ていたお父さんが、発泡酒片手に言った。

「……」

わたしは返事の代わりにお鈴《りん》を鳴らし、仏壇のお母さんに手を合わせた。

2

チャイムが鳴って四時間目の授業が終わる。

クラスメートが一斉に立ち上がり、わいわいと騒ぎながら机を寄せ合った。

しばらくしてクラス内にいくつか島ができたけれど、わたしのところは孤島。

二週間前まではこうじゃなかった。給食の時間になると、わたしもハルカとユイナが座っている前に移動して、隣の男の子に席を代わってもらっていた。

そうして誰それが部活を辞めたとか、あとで一緒にトイレ行こうとか、そのうち三人でダンスユニットを組もうとか、そんな話をしながら給食を食べていた。口に牛乳を含んでお互いに変顔もしたし、こっそりマンガを貸し借りもした。

要するに、わたしも普通のJCだった。

でもある日、いつものように男子に声をかけると、彼はなにか言いたげに口を半分開き、けれど結局なにも言わず、わたしの席へと移動した。

ひょっとして、彼は席を代わりたくないんだろうか？　でもそのことを言えないから、あんな風に口をぱくぱくして言葉をのみ込んだの？

彼もわたしと同じで、争うよりも我慢するタイプなのかもしれない。そう気づいておおいに反省した。

「わたし、明日から自分の席で食べるね」

給食を食べながらハルカとユイナに伝えると、理由を尋ねられた。でも男の子のことを言えば、「あんな陰キャ、気にしなくてよくない？」と返ってくるだろう。そこで更に言い返して友だちを否定するのは嫌だ。

「なんとなく。でもトイレとかは一緒に行くから」

そんな風に答えたところ、翌日からハルカもユイナも一緒にトイレに行くことはおろか、口も利いてくれなくなった。

誤解されたと気づいたときにはすでに手遅れ。グループメッセンジャーのアプリを開くと、ハルカとユイナが『N』——わたしの悪口を書き連ねていた。

それによると、地味な生徒であるわたしは、お情けで彼女たちと仲よくしてもらっていたらしい。『なのにうちらをうざいとかナニサマ？』と、ハルカとユイナはたいそうご立腹だった。

『うざいなんてひとことも言ってない』

そう伝えても、わたしのメッセージは無視される。うんざりだった。ただでさえお父さんがうるさくてイライラしているのに、これ以上、誰かに否定されたくない。

だいたい、わたしを地味だと言うけれど、ハルカとユイナも似たようなものだ。わたしたちはみんな普通の女の子で、ときに言い過ぎてケンカにもなるし、時間がたてば仲直りもする。

だからわたしも、ふたりのことを無視した。ひとりでおいしくもまずくもない給食を食べ、ぼっちの休み時間を過ごした。去年ハルカとユイナがケンカしたときは、三日くらいで元に戻ったっけと思い返しつつ。

けれど、問題はわたしが予想しなかったほうに転がっていく。

クラス内に孤島はいくつかあるけれど、基本的には全員が男子だった。だからひとりで給食を食べている女子は、どうしたって浮く。悪目立ちする。

「ちょ、ウケる！　野菜が野菜食ってんだけど！　トモグイ！」

作業のように給食を食べていると、隣の大陸で笑いが起きた。

発言したのは南《みなみ》マチだ。彼女はクラスのリーダー的存在ではないけれど、そろそろ髪を染めたりピアスを開けたりしそうな、目立つポジションにいる生徒。

「よく言われる」

わたしは愛想笑いとともに答えた。これは「月観野菜」と書いて「ツキミノナ」と読むわたしの名前の宿命だから、いちいち怒ったりしない。

その後に南マチの取り巻きAが「ベジタブル！」と叫び、取り巻きBが「マジベジタブル！」と返してなぜか爆笑が起こったときも、わたしは一緒に笑っていた。たぶんこの子たちは箸《はし》が転んだら、「マジチョップスティックスローリン！」って笑うんだろうなって、内心呆れながら。

給食に野菜が出ないことはないので、この「いじり」は毎日続いている。これもまたうんざりだけれど、わたしは空気を読んで笑っていた。

無視したり過度に反応したりすると、「いじり」は「いじめ」になる。どうせもう何日かすれば、飽きっぽい彼女たちは別のなにかに飛びつくだろう。

そう思っていたのに、わたしはうっかり自分からネタを提供してしまった。

「うっわ、なにそれ！　御札《おふだ》？　こわっ！」

昼休みのひまつぶしに、わたしは家から持参した御朱印帳《ごしゅいんちょう》を眺めていた。それを南マチが目ざとく見つけ、瞳を輝かせてやってくる。もちろん悪い意味で。

しまったという顔はしなかったつもりだけれど、南マチはどう見ただろう？　ここは下手にごまかすより、きちんと説明したほうが素直に興味を失ってくれるかもしれない。そう考えた。

「御朱印は御札じゃないけど、それに近いものかな」

わたしは南マチが見やすいように、御朱印帳の向きを変えた。蛇腹式に展開された十六枚の固い和紙には、現在御朱印が八体まで連なっている。

「このハガキサイズの一枚一枚、正確には一体だけど、ここに墨書きされたご本尊《ほんぞん》の名前や参拝日、それから梵字《ぼんじ》や寺社名が押されたハンコを総称して、御朱印って言うんだよ。基本的には各地のお寺や神社にお参りして、お気持ちを支払うと授けていただける参拝の証《あかし》かな」

ちなみに「一体」と数えるのは、御朱印は神様の分身に近いもので、ご神体と同じと考えるべきものだから。そういう意味で、ありがたみは御札に近いと思う……なんて、このときのわたしはのんきに考えていた。

「は？　なんか急にしゃべりまくってキモいんですけど」

体が凍った。「止まれ」と命令されたロボットみたいに、頭も思考を放棄する。

南マチの言葉を受けて、取り巻きが「きっしょ」、「マジそれ」と同調した。その空気はあっという間に教室内を覆い、すべての生徒が好奇、というより奇異の目をわたしに向けてくる。

「ていうか、なんでそんなの集めてんの？　マジヤバくない？」

「あたしテレビで見た！『御朱印ガール』とか言うんだよ」

その言葉はメディアが作り出したレッテルで、SNSの影響で集印を始めた女の子のことを指す。彼女たちは寺社のジャパネスクな雰囲気を楽しみ、インスタ映えする朱塗りの鳥居を撮影し、土地土地の和スイーツを食べ、それをネットで報告する存在なのだと、取り巻きAが説明した。

「なんかマナーも悪いって、神社のお坊さんがテレビで言ってた」

確かにそういう人もいるけれど、それは神社にいるお坊さんくらいレアな存在だと思う。わたしが出会った御朱印ガールのおねえさんたちは、みんな礼儀正しく親切だった。作法がわからず迷っているわたしに手本を見せてくれたし、オススメの御朱印ブログを教えてくれたし。

でもそんなことは関係なく、南マチとその取り巻きは、わたしをいかにもな御朱印ガールと決めつけた。取り巻きBがネットに詳しいようで、やれインスタのアカウントを教えろとか、スイーツの写真を見せろとか、そんなものはないとわかっていながら、わたしをおもちゃにするため騒ぎ立てた。

わたしはそれを聞き流せばよかった。アカウントも写真もないよーとへらへら笑っていれば、一週間後にはまた元の生活に戻る。

なのにわたしは、立ち上がって叫んでしまった。

「わたしは遊び半分でお参りしてるんじゃない！」

たぶんお父さんのこととか、ハルカとユイナのことで、イライラしていたんだと思う。初詣先の神様も知らないような人たちに、あれこれ言われるのも嫌だった。

でもすぐに後悔した。よりにもよって一番最悪な相手にたてついてしまったと、恐怖が足をすくませる。

そんなわたしの様子を見て、南マチの顔がくちゅっとゆがんだ。

「へえ。じゃあなんでそんなキモいの集めてんの？」

「それは、お父さんが……じゃなくて、おばあちゃんが……」

説明にまごついているとチャイムが鳴った。

五時間目の授業の間、わたしは明日からどうなるのかと不安だった。

こっそりグループメッセンジャーを見てみると、すでに『ノナ』は退会させられていた。今頃《いまごろ》ハルカやユイナも加わって、わたしの悪口で盛り上がっているんだろう。

胃がむかむかして気持ち悪かった。でも早退したら弱みを見せる気がして、わたしは無理にすまし顔を作った。

だから本格的に落ち込んだのは、家に帰ってから。

別に南マチがいじめの常習犯というわけじゃないけれど、あのゆがんだ笑みが恐ろしかった。あれは愉快な状況に反応したというより、どうすれば一番面白くなるかを考えている顔だったから。

わたしがベッドでふさぎ込んでいると、お父さんがまたガミガミ言ってきた。

中学生の娘が電気もつけずに部屋にいたら、心配するかそっとしておくのが普通の親だと思う。カッとなって言い合いになった挙げ句、わたしはあの言葉を返した。お父さんはショックを受けたみたいだけれど、こっちはそれどころじゃない。

翌朝、憂鬱《ゆううつ》な気分で学校に行く。

けれど、とりたててなにもなかった。給食の時間も南マチと取り巻きはわたしをニヤニヤ見ているだけで、いつものいじりもない。

不気味だった。あれだけで終わるはずもないから、きっと水面下で盛り上がっているんだろう。遠くの席のハルカとユイナも、わたしを見て笑っていた。

次の日、登校して下駄箱《げたばこ》を開けると、上履きがびしょ濡《ぬ》れだった。これは知っている。気にせず履いていると、「なんか臭くない？」とクラス中がざわめき、上履きが便器の中に漬け込まれていたと気づいて、二重にショックを受けるパターンだ。

わたしは上履きを捨て、体育館履きで授業を受けた。

二時間目、わたしは「宿題を忘れました」と先生に謝らされることになった。やってきたはずのプリントが、スクバの中から消えていたから。

犯人はわかっている。でも証拠がない。怒って抗議しようにも相手は集団。担任は事なかれ主義だから、まともに相手もしてくれない。ＡＮなお父さんに言えば、わたしが悪いと否定されるだけ。

どうしようもなかった。思い返すと気持ち悪くなるので詳細は語らないけれど、巧妙で、狡猾《こうかつ》で、ささやかな嫌がらせは、以後毎日続いている。

いまのところ大きな被害はないけれど、そのうち行為がエスカレートするかもと思うと不安に吐き気がした。夜ベッドに入ると、メッセンジャーアプリに書かれているであろう悪口が、見てもないのに頭の中でうるさく聞こえる。

はっきり言って相当やばい状況だけれど、わたしはなんとか耐えていた。

だってわたしには、「逃げ道」があるから。

3

「晴れたぁ！」

目覚めてすぐに窓の外を見て、わたしはガッツポーズを作る。

待ちに待った土曜日。今日は遠出して「お遍路《へんろ》さん」をするつもりだった。ここのところ降り続いていた雨が止《や》んだのは、とても幸先がいい。

ウキウキした気分で服を着替え、キッチンで朝食を済ませる。ついでにちゃちゃちゃっとおにぎりを握って、水筒の中にパックのレモンティーを移し替えた。

部屋に戻ると鏡の前で、いつもは下ろしている髪をふたつ結びに。

気合いは十分。さあ出かけようと御朱印帳をリュックに入れたところで、お父さんに声をかけられた。

「ノナ、出かけるのか」

まだ寝ていると思ったのに、お父さんはいつの間にか仏壇の前にいた。もうちょっとで家を出られたのに、一番最悪のタイミング。

「ノナ、出かけるのかと聞いているんだ」

「……見ればわかるじゃん」

「答えになってない！」

「そうやってガミガミうるさい人と暮らしたくないから、お参りに行くんだよ！　おばあちゃんに元気になってもらって、わたしを引き取ってもらうためにね！」

そう叫びたかったけれど、結局なにも言わずに靴を履く。

「おい、ノナ」

呼び止める声を無視して、わたしは玄関を飛び出した。


「やっと着いた。遠かった……」

立派な仁王門《におうもん》を見上げ、安堵《あんど》と疲労でほっと息を吐く。

わたしが住んでいるのは川沙希《かわさき》の望口《のぞみくち》というところで、東京の多摩《たま》市にあるここ高幡不動《たかはたふどう》には、電車を乗り継いで一時間ちょっとかかった。

本当はもっと早く着くルートもあったけれど、電車賃的には四百十二円のこれが一番安く済む。中学生のおこづかいでは、集印も簡単じゃない。

そういう意味でも、おばあちゃんには早くよくなってほしかった。わたしだって年頃のムスメなので、ほしいもののひとつやふたつはある――。

「違います違います！　いまのなし！」

わたしはぶんぶん首を振り、神様に訂正を念じた。

これからわたしが行うのは「お遍路さん」、つまりは四国八十八カ所巡り。もちろん東京は四国じゃないけれど、高幡のお不動さまには、四国八十八カ所を模したミニチュア版の巡拝コースがある。その名も「山内《さんだい》八十八カ所」。

通常聖地を巡礼する際には、まず「願立《がんだ》て」から始める。そうしてすべての札所を回ると、「結願《けちがん》」――つまりは願いごとがかなうと言われている。

一時間で回れる山内八十八カ所でも同じご利益があるのか不明だけれど、わたしはおばあちゃんが早くよくなるようにとお参りにきた。それが心の隅でうっかり欲したマンガやゲームでかなえられたら、泣くに泣けない。

まだ参道だからセーフだよねとびくびくしつつ、わたしは門前で一礼した。

「今日は、おばあちゃんの回復祈願できました。よろしくお願いします」

あらためて願いごとをつぶやき、仁王像の間を通って境内《けいだい》を進む。

手水舎《ちょうずや》で手と口を清めたら、まずは手前にある不動堂に参拝。次いで七福神の弁《べん》天《てん》さま、その後にご本尊の大日如来《だいにちにょらい》さまのお堂で手を合わせ、いったんお参りは終了。お賽銭《さいせん》はそれぞれに五円ずつ。

別にケチったわけじゃなくて、「五円はご縁」だと、御朱印ガールのおねえさんたちから教わったブログで読んだから。書いているのはおじさんぽい人だったので、わたしは勝手に「御朱印おじさん」と呼んでいる。言葉の選びかたに優しさがある文章で、「こういう人がお父さんだったらよかったのに」と思いつつ、わたしはときどきチェックしていた。

お父さんを思い出してもやっとなったので、急ぎ足で授与所へ向かう。受付の人に御朱印帳を差し出し、お願いしますと初穂料《はつほりょう》を納めた。

本当は全部をお参りしてからお願いするものだけど、いまはアジサイのシーズンで参拝客がものすごく多い。御朱印を授けていただくのも時間がかかりそうなので、待ち時間のうちに八十八カ所を巡ろうという目論見《もくろみ》。

それではと水筒のレモンティーを一口飲み、わたしは山内八十八カ所へ続く山道を歩き始めた。

が、わずか数歩のところで、「山内第一番」の立て札と、弘法大師《こうぼうだいし》像に出会う。

辺りを見回すと、すぐそばに「二番」もあった。どうやら思った以上にぎゅっと詰まった聖地らしい。体力に自信がないから不安だったけれど、これならわたしも一時間で巡礼できるかも。

「おばあちゃんの体調がよくなりますように」

目を閉じて像の前で手を合わせる。わたしを引き取って欲しいという下心はあるけれど、このお願い自体は本心だった。

一昨年にお母さんが亡くなり、わたしとお父さんのふたりだけでは大変だろうからと、おばあちゃんが田舎から出てきてくれた。

おばあちゃんはANなお父さんと違って、いつでも静かに話を聞いてくれる。だからわたしはたくさん甘えたし、お父さんも自分の母親だから遠慮がなかった。

そうしてわたしたちが頼りすぎた結果、おばあちゃんは体調を崩した。明らかにわたしたちのせいなのに、「ノナちゃん迷惑かけてごめんねぇ」と、おばあちゃんは申し訳なさそうに主治医のいる田舎に帰っていった。

だからわたしは、一生懸命祈る。満願成就《まんがんじょうじゅ》して田舎に引き取ってもらえたら、家事も全部やるつもりでいる。お父さんの分まで、おばあちゃんに恩返ししたいから。

そのためにもまずはお参りと、わたしは続く二番、三番と、快調に巡礼した。

やがて二十番を過ぎた辺りで、「ちょっと一息」と足を止める。

「いい気持ち……」

目を閉じて胸いっぱいに息を吸い込むと、土と緑の匂いがした。風も吹いていないのに、空気がひんやりとして涼しい。

「静か……」

山の中だからというわけじゃなく、寺社はどこにいても静けさを感じられる。あちこちに参拝客がいてもうるさく感じないのはなぜだろう。ほどよい緊張が世俗を忘れさせてくれるから？　あるいは神前の空気を吸って心が洗われるのかも。

「ほら、この部分がアジサイの本当の花、『真花』だよ。ぼくたちが花だと思っている部分は『装飾花』、つまりはガクなんだって」

ふっと男の人の声が聞こえ、わたしは薄く目を開ける。

「その豆知識、結構メジャーですよね」

山の斜面で色づくアジサイの前に、大小ふたつの人影があった。

大きいほうは女の人で、退屈そうにあくびをしている。短い黒髪をきちんと切りそろえていて、ぱっと見は十代後半くらい？　でも涼しげな目元と口元に、妙に大人の余裕がある。年齢不詳……というより、色んな人を見てきた経験がありそう。

そんなミステリアスなおねえさんの隣に立っている、小さいほうの影。最初は子どもかと思ったけれど、そのシルエットがやけにずんぐりしている。

不思議に思って目を見開くと、小さな体は全身真っ白な毛で覆われていた。そのくせ背中の部分だけ、茶色のエプロンをしているみたいな模様がある。そして恐ろしいことに、アジサイに伸ばした指先には、黒くて太い爪がにょっきり生えていた。

「ほ、ホッキョクグマ……！」

その生き物を形容する言葉を、わたしはほかに知らない。

「えっ」

まるで人が驚いたような声を発し、ホッキョクグマが振り返る。

クマにしてはちょっと顔が細長かった。その目もやたらとつぶらでかわいい。

「あの、『ホッキョクグマ』ってぼくのことですか？」

「えっ」

今度はわたしが驚いた。クマがしゃべった。優しそうなおじさんっぽい声で、わたしに質問をしてきた。どうしよう？　すたこらさっさと逃げるべき？　なんかいまも小首をかしげてすごくかわいいけど、クマってやばいよね？

「あの、ぼくは有久井《ありくい》と申します。クマじゃなくてアリクイです」

自らをアリクイと名乗ったホッキョクグマが、かぶっていた帽子を取ってぺこりとお辞儀した。その短くてふさふさした手が、名刺を差し出している。

有久井印房　店主　有久井まなぶ

好奇心に負けてのぞき込むと、そんな文字が書いてあった。アリクイだから有久井なの？　それにしてはちょっとぽっちゃりしてるし、やっぱりクマなの？　なんで名前がひらがななの？

目の前にクマっぽい動物がいるのに、わたしはどうでもいいことを考えていた。混乱しているというより、かわいい外見に危機感が反応してくれない。

「この地には、かつてこんな言い伝えがありました」

白いアリクイの隣にいたおねえさんが、神妙な面持ちで一歩前に出る。

「『アジサイの咲く季節、悩める乙女が山道を歩いていると、そこに伝説の白いアリクイが現れて願いごとをかなえてくれた――とまではいかないけれど、まあまあ相談に乗ってくれた』と」

おねえさんはにっこり笑い、アリクイが持っていた名刺をわたしにくれた。

「うちのお店は、川沙希の望口というところにあります。ちょっと遠いけど、よかったら遊びにきてくださいね。驚かせたお詫《わ》びにご馳走《ちそう》しますよ。店長が自腹で」

それではと、おねえさんが背中を向けて去っていく。

アリクイもぺこりと頭を下げて、おねえさんの後を追っていった。

「宇佐《うさ》ちゃん、またあんな適当なことを」

「店長が悪いんですよ。『会合ついでにお参りしよう』なんて言うから。あの子をびっくりさせたフォローから流れるように営業まで持っていった、わたしの手腕をほめてください。ごほうびもください」

「でも、ぼくを神様みたいに言うのは……」

「デモも製品版もありません。今日はまかないとは別におやつも要求します」

そんな会話を最後に、ふたり（？）の姿は見えなくなった。

「なんだったの、いまの……？」

わたしは全身脱力し、ぺたんとその場にへたり込む。

「幻覚？　夢？　わたし寝ちゃってた……？」

つかの間の出来事だったからか、どうも現実感に乏しい。けれどわたしの手の中には、白い名刺がきちんと残っている。

「『印章及び軽食の製造販売』……？　なに屋さんなのこれ？」

謎《なぞ》はますます深まるばかり。

でも場所が場所だけに、不思議な体験をしてもおかしくはないと思う。こういうところで神様やアヤカシ——つまりは妖怪《ようかい》に出会う話ってよく聞くし。

それにしたってしゃべるアリクイはどうなのと思わなくもないけれど、少なくとも都市伝説にある、「見ただけでアウト」なオバケっぽくはなかった。

「じゃあ……いいのかな。うん。あのアリクイはいいアヤカシ。出会ったのはおばあちゃんがよくなる前触れ。きっとそう」

そう思うことにして、わたしは気分よく巡礼を再開した。

静かな場所にいるときのわたしはポジティブだなあと、自分でも思う。

一時間かけて八十八番目の巡礼を終えると、そこはかとない達成感があった。おばあちゃんわたしがんばったよ、満願成就だよと、拳《こぶし》を握って目を閉じる。

それだけでも感慨深いのに、授与所へ戻って御朱印帳を受け取ると、思わずジーンとなってしまった。

御朱印は各寺社に一体というわけじゃなく、お参りした箇所ごとにいただける場合もある。高幡のお不動さまでは、ご本尊の大日如来、その化身の不動明王《ふどうみょうおう》、それに弁財天と、八十八カ所を巡った証として、弘法大師の印を授けていただけた。

わたしは集印を始めたばかりなので、御朱印の数が増えること自体がうれしい。達筆な墨書きはお守りみたいで心強いし、自分はこんなにたくさん静かな場所を知っていると思うと、日常生活でも安心できるから。

「お若いのに、偉いですね」

背後で若い女の人の声がした。年齢のせいか、ひとりで参拝しているとこんな風に声をかけられることがある。だいたいはおじいちゃんおばあちゃんだけれど、ときどきは御朱印ガールっぽいおねえさんたちもいた。

今回もそうかなと顔を上げると、声の主はさっきアリクイを『店長』と呼んでいたおねえさんだった。

「あれ？　店長店長。このハンコ、どこかで見た覚えありますよ」

おねえさんは興味深そうに、わたしの御朱印帳をのぞき込んでいる。

「うん、夕子《ゆうべこ》さんの印だね。先代のときからうちで彫らせていただいてるんだ。工房にも印稿が残ってるよ」

おねえさんの後ろから、アリクイがひょこりと顔を出した。

わたしは「出た！」と、目を見開く。

「夕子神社の御朱印ですかー。それはまた、ご縁がありますね」

「うん。夕子さんには縁結びのご神木があるから、そのおかげじゃないかな」

おねえさんとアリクイが、わたしを見て微笑《ほほえ》んでいる……かは微妙だけれど、表情は優しげだった。間近で見ると本当に動物っぽい。

それは置いといて、わたしはちょっと驚いた。確かに夕子神社にはご神木があるけれど、別に立て札なんかがあるわけじゃない。パワースポットとしてはとてもマイナーで、縁結びのご利益《りやく》があるなんて話、わたしも御朱印おじさんのブログを読んで初めて知った。それを知っているなんて、このアリクイよっぽどの通？　もしくは本当に神様かアヤカシ？

「ああ、この印。神鳴寺《しんめいじ》にもお参りしているんですね。あそこのご住職、変わっていたでしょう？」

「え……？　はい！　カミナリ和尚《おしょう》！」

あの和尚さんまで知っているなんてと、わたしは思わずうれしくなった。

神鳴寺にはいつも苦虫を噛《か》みつぶしたような顔で境内をうろつき、参拝客をつかまえては「喝」を入れる名物和尚さんがいる。作法を守っていても、爪が長いとか、髪を染めるなとカミナリを落とされるので、わたしは授与所に並んでいる間、ずっと身を縮こまらせていた。

「あらあらどうしました？　急に暗い顔をして」

わたしは「なんでもないです」と、おねえさんに笑顔を作る。

本当になんでもない。神鳴寺もうちから近いので、初めてお参りにいったときはハルカとユイナも一緒だった。それをちょっと思い出しただけ。

「あの和尚さんには、ぼくも怒られました。『ふわふわするな！』って。どうもハンコがあるところにくると、ぼくは浮き足だってしまうみたいで」

わたしがカミナリを落とされたことを思い出してへこんでいると誤解したのか、アリクイが励ますように言ってくれた。

「それたぶん、態度じゃなくて見た目のことですよ」

おねえさんの冷静なツッコミに思わず吹き出す。アリクイのどこに文句をつけようか迷っている和尚さんを想像してしまった。

「あ、降りそうだね」

唐突にアリクイがすんすんと鼻を動かし、空を見上げる。

「店長が言うなら降りますね。傘はお持ちですか？」

おねえさんはわたしに聞いているらしい。首を横に振る。

「御朱印帳の最初のほうが夕子さんや神鳴寺ということは、あなたは望口にほど近い場所に住んでいますね？」

「は、はい」

「ところでもうすぐ雨が降りますが、わたしたちは車できています。知らない人の車に乗るのは絶対ダメですけど、わたしたちが会うのはもう二度目。これもなにかの縁ですし、水筒持参な節約家さんの電車賃も浮きますし、よかったら乗っていきませんか？　店長もわたしも、かわいいだけで無害ですよ？」

ここまで言われて断れる人がいたら、わたしは心の底から尊敬する。

4

おねえさんは宇佐さんという名前で、アリクイの店でウェイトレスのバイトをしているらしい。普段は都内の大学に通う女子大生だそう。

そんな宇佐さんの車に乗った瞬間、わたしはちょっと引いてしまった。

車内のあちこちにヒョウ柄のファーが貼《は》られ、ハンドルやミラーもキンキラのラメラメ。内装が本人の見た目にまるでそぐわない、完全なギャル仕様だったから。

「こ、これはお姉ちゃんの車だから！　わたしのじゃないから！」

慌てたように説明してくれた宇佐さんによると、アリクイ店長は見ての通りの姿なので、電車に乗るとちょっとした騒ぎになるらしい。だから店長が用事で出かけるときは、お姉さんに車を借りて運転してあげるとのこと。

宇佐さんはお姉さんと同じ趣味と思われるのが嫌みたいで、車が発進してからも自分たち姉妹の違いを語り続けた。ものすごく詳細だったから、きっとふたりは仲がいいんだと思う。

やがて車が国道に乗ると、ぽつぽつ雨が降ってきた。

「うちの店長は鼻がいいんですよ。目はコンタクトですけど」

宇佐さんの言葉を受けて、アリクイが色々と話してくれる。

アリクイは望口でハンコ屋さんをしているけれど、ハンコだけだと経営が厳しいために喫茶店もやっているらしい。メニューの味見を丹念にしているせいで、ミナミコアリクイという種にしては、ふっくらしすぎてしまったそうだ。

「でもダイエットしようとすると、宇佐ちゃんに怒られるんです。人前で水浴びしても怒られます」

その穏やかな声だけを聞いていると、アリクイは本当にただのおじさんとしか思えなかった。話の内容的にも大人であることは間違いなさそうだし、わたしは「アリクイさん」と呼ぶべきかもしれない。

「店長は濡れると体積が減るんです。乙女が求めるのはふわふわですよ」

ワイパーがぎこちなく動く間、宇佐さんとアリクイさんはずっと話してくれた。わたしがまだ微妙に警戒しているのが伝わったんだと思う。

でも、ふたりの話はちっともうるさく感じなかった。

アリクイさんがしゃべる理由はわからないままだけれど、その声は見た目と同じであたたかみがあるし、宇佐さんはまるでわたしの心を読んだみたいに、話のわからないところを補足してくれる。

わたしはそれと気づかず犬のジャーキーを食べた女の子の話にくすくすと笑い、ハンコがきっかけでつきあい始めたカップルの話のオチに「ええっ！」と驚いた。正直わたしが一番うるさかったと思う。

お父さんだったら「日本語がおかしい」と否定するかもだけど、ふたりのおしゃべりは聞いていてとても居心地がよかった。間違いなく、わたしはここ数ヶ月で一番楽しい時間を過ごせたと思う。

だから車が望口の駅について、「ノナちゃんお店にくる？」と聞かれたとき、わたしはもう少しだけ甘えることにした。


「かわいい！」

国道脇《わき》の駐車場から歩いてすぐ。商店街の終わりと見晴《みはらし》用水が交差する橋の辺りに、「有久井印房」はあった。レンガ造りの壁。窓に描かれた水玉模様。店の前に置かれた小さな木のテーブルと、本日のオススメが手書きされた黒板。

ちょっぴり欧風な感じだけれど、全体的には日本的。そんな初めて見たのに懐かしい雰囲気のお店に、わたしは思わずはしゃいだ声を出す。

「中にはもっとかわいいのがいるよー」

宇佐さんがお店のドアを開けて中に入った。からんときれいな音が聞こえる。扉の上のほうにくすんだ色の鐘がついていた。いい音色。

「ノナちゃんどうぞ。いらっしゃいませ」

アリクイさんに招かれて、わたしは緊張しつつお店に入った。

その瞬間、大人っぽい香りを嗅《か》いでドキリとする。

これってコーヒーの匂い……だよね？ そう言えばわたし、いままでファーストフードばかりで、喫茶店もカフェも入ったことなかった。やばい。キョドりそう。

なるべく冷静を装いながら、ゆっくりお店の中を見回す。

ちょっと暗めの店内には、いくつかのテーブル席とカウンターがあった。壁や柱にはちょこちょこ額がかかっていて、中身は賞状だったり、カモノハシ（?）の絵だったりバラバラだけど、意外と調和が取れている。

お客さんには若い女の人が多い。でもひとりでお茶を飲んでいるおじいさんや、子ども連れのママもいた。とりあえず中学生でも場違いじゃなさそうでほっとする。

「かぴおくん、お疲れさま」

アリクイさんがカウンターの中に声をかけた。なにその変な名前と見てみると、厨《ちゅう》房《ぼう》にアリクイさんよりも一回り小さい、茶色い毛の生き物がいる。おそらく脚立《きゃたつ》かなにかに乗っているその生き物は、眠たげな顔でフライパンを握っていた。

「カピバラ……だよね？」

わたしにはそう見えた。けれど『かぴおくん』はスイングドアを開けて厨房から出てくると、二足歩行でわたしの前を横切っていく。おまけにカウンター席の端に座って、置いてあったノートパソコンを平然と操作し始めた。

「わぁ……」

すでにアリクイさんを見ていたから、わたしは驚くよりもその愛らしさに心を奪われた。宇佐さんが言っていた『もっとかわいいの』は、絶対この子だと思う。

「チョットさんも、お手伝いありがとうございました」

アリクイさんがまた厨房に声をかけた。今度はどんな動物かと思ったけれど、おっとりと頭を下げたのは、浴衣《ゆかた》を着た普通の女の人。

いや、普通ではないかも。名前も変だしすごい美人。なんか歩くたびにチリンと風鈴が鳴りそうな色っぽさ。むしろアリクイさんよりアヤカシっぽい。

そんなチョットさんが、会釈《えしゃく》しながらわたしの脇を通る。

するとまさにチリンと音がした。でもそれは自転車のベルみたいな音で、かぴおくんがいるカウンターと対極にある、奥のテーブル席から聞こえてくる。

そこにはなぜかハトがいた。ハトは妙に興奮した様子で、古い映画に出てくるようなタイプライターをばしばしつついている。

「あのハトは、鳩《はと》なんとかさんって小説家なんだけどね。あれは筆が進んでいるわけじゃなくて、チョットさんが帰って機嫌悪いだけだから」

宇佐さんによると、あのチリンという音は文章を改行するときのもので、普段はめったに鳴ることがないらしい。鳩なんとかさんは『基本スランプで、遅筆で、誤字脱字の多い、どこにでもいる普通の小説家』だそう。

「普通……？　あっ、宇佐さんかわいい！」

いったん店の奥に消えて戻ってきた宇佐さんは、パリッとした白いシャツと黒いスカートに着替えていた。それだけなら「かわいい」じゃなくて「かっこいい」だけれど、宇佐さんの頭の横には、なぜかふんわりした犬っぽい耳が垂れている。

「女子中学生はなんでもかわいいって言うからなー」

でもありがとうと笑いながら、宇佐さんはカウンターの席を勧めてくれた。お尻《しり》に丸いしっぽがついていたから、もしかしたら犬じゃなくてウサギなのかも。

「店長のおごりだから、なるべく高いもの頼んでね」

宇佐さんが置いてくれた水で喉《のど》を潤し、わたしはそっと周囲をうかがう。

アリクイさんやかぴおくんの存在に驚いているお客さんはいないみたいだった。みんなが平然と受け入れている、というより、変だなあと思いながらも、静かに楽しんでいるように見えた。

「……わたしも、そうしよう」

目に入るありとあらゆることが不思議だけれど、それを否定すれば悲しい日常に戻るだけ。いまが夢か現実かなんてどうだっていい。

だってわたしは、いますごく楽しんでいるから。

わくわくしながらメニューを開く。一番上にはコーヒーや紅茶といった飲み物が載っていた。ナポリタンみたいな食事もあるし、ケーキみたいなデザートもある。

なんでもあるなあと次のページをめくってみると、『黒水牛』とか『チタン』という見慣れない単語が並んでいた。どうやらハンコの素材のことらしい。そう言えば本業はハンコ屋さんだっけ。アリクイさんたちの存在を抜きにしても、相当変わったお店かも。

さて。のんびりしていても怒られないだろうけど、そろそろなにか頼まないと。

宇佐さんが言ったみたいに、一番高いものを注文する気はない。でも飲み物だけだと、「遠慮しないで」と気を遣われそう。かといって食べ物を注文するわけにもいかない。だってリュックにはまだおにぎりが入ってる。早く食べないと傷んじゃう。

となるとここはデザート？　あ、手作りケーキセットはいいかも。ケーキと飲み物で六百八十円はお得……って、自分でお金を払うわけじゃないしなあ……。

どうも悩ましい。人からごちそうしてもらうことなんてあまりないし、そもそもごちそうしてもらえる理由もよくわからないし。

なんて具合にメニューを見ながら悩んでいると、その七文字が目に入った。

『クリームソーダ　¥580』

飲み物の中では圧倒的な高価格。お店によって呼びかたが違うけれど、メロンソーダにアイスが乗っかったあれは、だいたいこの名前だと思う。

小さい頃、家族でファミレスに行くと、わたしとお父さんはよくこれを頼んだ。最初にソーダをちゅうちゅう吸って、お互いに緑になった舌を見せて笑う。お母さんはそんなわたしたちを見て、『子どもがふたりね』と目を細めて——。

わたしはぶるぶる頭を振り、よかった頃の思い出を追い払った。気を取り直してメニューを見る。

パンケーキ……カフェオレ……クリームソーダ……。

フレンチトースト……ほうじ茶ラテ……クリームソーダ……。

どれもおいしそうなのに、どうしても目がクリームソーダに引き寄せられる。わたしの口の中はもう、緑のしゅわしゅわを待っている。

「……クリームソーダを、お願いします」

「お待たせしました。冷たいうちにどうぞ」

ふわふわした手が、鮮やかな緑で満たされたグラスをカウンターに置いた。

全然お待たせされてない。どうも絶対頼むと確信されるくらい、わたしはクリームソーダの文字を凝視していたらしい。恥ずかしい。耳が熱い。

わたしはグラスに飛びついて、勢いよく緑のソーダを吸い込んだ。

冷たい甘さが舌に乗る。ぱちぱちと心地よい刺激が、喉を滑り落ちていく。

「……っ！」

驚いて口からストローを離した。自分が飲んだものをまじまじと見る。

底がきゅっとしぼられたかわいい形のグラス。その中身は透き通った緑色で、いくつもの小さな氷がきらきら輝いている。一番上には丸いアイスが乗っていて、周辺のソーダがぷちぷち弾けて涼しげだった。その横ではシロップ漬けのサクランボが、溺《おぼ》れまいと必死にアイスにつかまっているように見える。

失礼かもしれないけれど、なんの変哲もないクリームソーダだった。老若男女《ろうにゃくなんにょ》を問わず名前を聞いたらみんなが思い浮かべる、ザ・クリームソーダだと思う。

「……なのに、なんでこんなにおいしいの？」

「すごく久しぶりに飲んだか、楽しい気分だからじゃない？」

わたしのつぶやきに、コーヒーを運ぶ途中の宇佐さんが答えた。

たぶん、その通りなんだと思う。最近のわたしは、お父さんの作るごはんも、学校で食べる給食も、全部同じに感じていた。もしも家や学校でこのクリームソーダを飲んだら、なにも感じず飲み干したと思う。

「わたし、本当にずっと楽しくなかったんだ……」

口に出した途端、鼻がひくんと動いた。やばい。泣きそう――。

そのタイミングで店内にチーンといい音が響いた。びっくりして涙が引っ込む。

ありがとう鳩なんとかさんと奥の席を見たけれど、ハトの小説家はタイプライターの前で頭を抱えていた。

どうやらいまの音は、オーブンでピザトーストが焼けた音らしい。宇佐さんがあつあつのそれを運んでいくのを見て、わたしはくすくす笑ってしまった。

「よかった。初めて会ったときから宇佐ちゃんが心配してたんだ。ノナちゃんはちょっと元気がないみたいだって。えい」

アリクイさんがフライ返しでパンケーキをひっくり返しながら言う。

「そんなこと……ないです。わたし、普段からテンション低めなんです」

「ノナちゃんは、なにがきっかけで集印を始めたの？」

「えっ？　えっと、その……」

　おばあちゃんの回復祈願と答えればいいだけなのに、なぜか言葉が続かない。

「ぼくはね、御朱印を彫るためにお参りを始めたんだ」

「彫るため、ですか？」

「うん。ぼくは彫刻師としての経験が浅いから、あちこちで御朱印をいただいて勉強させてもらってます。と言っても、印章を見学できるのは一瞬だし、そもそも押印するところを見られない寺社も多いので、なかなかたいへんです」

　確かにそうかも。「押された」御朱印はちゃんと見るけれど、「押す」ほうのハンコ本体って、あんまり気に留めたことがない。

「御朱印のハンコって、『カンノワノナノコクオー』みたいなやつですよね？」

「そうだね。さすがに金印ではないけれど、大きさや字体は似たものがあるよ。御朱印はあくまで総称だから、個々のハンコはこんな風に色々あるんだ」

　そう言って、アリクイさんが自分の御朱印帳を見せてくれた。

「ぼくたちは寺社印と寺院印って呼ぶんだけど、ノナちゃんがよく知っているところだと、こんな風に右上に押されている細長い印、これは引首《いんしゅ》とか関防《かんぼう》って呼ばれる種類で、山号とか札所の番号が多いかな。それから、こうやってご本尊さまの墨書きに押されているのが御宝印《ごほういん》で、寺社だと梵字が入った肖形印《しょうけいいん》が主流だよ。あとは左下に山号や寺号印というのが御朱印の基本型だけど、ほかにも建物ごとに印を作るところもあるし、近年は祭事の記念印を押すケースも増えてきたし――」

アリクイさんが怒濤《どとう》の勢いでしゃべり出し、わたしはびっくりしてアイスを食べる手を止めた。

「うちの店長、ハンコ大好きだからねー」

通りかかった宇佐さんが、いつものことといった顔で笑っている。

「そのアイス、おいしいでしょう？　店長の手作りなんだよ。話を聞き流している間に、ゆっくり味わってね」

宇佐さんがのほほんと去った後も、アリクイさんはぱたぱたと短い手を振りながら熱弁していた。

いつかの昼休みのわたしもそうだったなと思う。好きなことについて話せば誰だって饒舌《じょうぜつ》になる。その勢いに引いてしまうこともあるかもだけど、南マチのようにわざわざ相手を否定する必要はない。

わたしはにこにこ笑いながら、アリクイさんの話を聞き流した。

店の中には食器がカチャリと鳴る音や、宇佐さんがお客さんを出迎える声、それからごくたまにタイプライターのベルも響くけれど、全然うるさく感じない。

まるで境内みたいなお店の中で、バニラアイスはゆっくりと口の中で溶けた。

5

否定の一番最悪なところは、可能性を消すことだと思う。

小学四年生のとき、わたしは夏休みの自由研究を提出した。うちの学校は宿題じゃなくて、文字通り提出も自由な研究。だから全校で二十前後しか集まらなかった自由研究は、すべてが工作室に展示された。

わたしは「野菜のペットボトルさいばい」という観察記録を出した。きっかけはテレビの科学番組。わたしでもできそうとやってみたところ、思いのほかすくすく育ってくれ、お母さんが「自由研究で提出してみたら」と勧めてくれたから。「ノナ」でも「やさい」でも、どっちに読まれてもいい題をつけてくれたのもお母さん。

わたしの研究は最優秀賞をもらった。分母は少ないけれど、全校で一番。賞をもらったことはもちろん誇らしい。でもそれ以上に、「写真がかわいい」、「涼しげできれい」、「ぼくもやってみたい」と友だちがほめてくれたのがうれしかった。

『これがきっかけでノナが世界の食糧事情を救う学者さんになったりしたら、私たちもほめられるわね。娘に最高の名前をつけた両親だって』

お母さんもお父さんも喜んでくれ、わたしはちょっとその気になったと思う。

けれど次の日、工作室で自分の展示をにやにや見ていたところ、クラスも学年も違うひとりの生徒が、わたしの研究に下した評価を聞いてしまった。

いわく、『テレビのパクリ』、『なんか貧乏くさい』、『名前が面白かっただけ』。

それで終わりだった。わたしは科学者を目指すどころか、ペットボトル栽培もやらなくなった。五年生でも六年生でも、自由研究は提出しなかった。

理由は簡単。否定は肯定の反意語じゃないから。

たったひとりの心ない言葉で、わたしはなにもかも嫌になった。たくさんの人がほめてくれた言葉は、すべて頭の中から消えてしまった。

よく「好き」の反対は「嫌い」じゃなくて「無関心」と言うけれど、それと同じだと思う。肯定の反対は否定じゃないし、否定の反対も肯定じゃない。

だからひとりの非難を、百人の賞賛で打ち消すことはできない。否定の言葉は口から出た瞬間に刃《やいば》となって、相手の心に突き刺さる。

メンタルが弱いと言われればそれまでだけど、わたしは誰かに非難される覚悟で自由研究を提出したわけじゃない。それはただの自己満足で、最初はほめられることすら期待していなかった。

でも、多くの賞賛を浴びて得意になった。このときに初めて、わたしはまったく興味のなかった「学者」という将来をイメージしたと思う。

けれど、未来に科学者になったかもしれないわたしは、どこの誰とも知らない人間が、たいして考えもせず放った言葉で、簡単に殺されてしまった。

これが科学者の道を行く第一歩であったなら、その批判を甘んじて受け入れたと思う。でもわたしはスタートラインに立っていなかった。覚悟をする前に、夢を見るより早く、まだ可能性の段階で、わたしの未来は断ち切られた。

軽い気持ちで言ったとしても、言葉は重い。

一度口から放たれた言葉は、訂正もできない。

仮に発言者が間違いを認めて謝罪しても、それは開いた傷口がふさがるだけ。心についた傷跡は、一生消えることがない。

だからわたしは他人を否定しない。肯定できなければただ沈黙する。

無責任に誰かを傷つける言葉を、わたしは絶対口にしない。

泣きたくなるくらいに楽しかった土曜日で力を使い果たし、日曜日のわたしはずっとベッドで過ごした。ひたすらに、ひたむきに、眠気の誘いに抗《あらが》わなかった。おかげで自由研究をはじめ、子どもの頃の夢をたくさん見た。

目覚めるたびにお母さんが恋しくてたまらなかった。亡くなってもう二年たつけれど、いまが一番さびしく感じる。お母さんに話を聞いてほしい。五秒でいいから頭をなでてほしい。そんな風に泣きながらまた眠る。

すると夢の中でおばあちゃんがなぐさめてくれた。去年はおばあちゃんがいてくれたから、お母さんがいないさびしさに耐えられたんだと思う。おばあちゃんが田舎に帰ってから、なにもかもうまくいかなくなった。

見たくなかったけれど、お父さんの夢も見た。お父さんはなぜかわたしの部屋にいて、なにも言わずにこっちを見つめていた。はっきり言って気持ち悪い。わたしがあれを言う前の、ANだった頃のほうがまだましだと思う。

夕方になってようやくベッドから出られた。家の中にお父さんはいない。

たぶん、車で古本屋さん巡りをしているんだと思う。子どもの頃に雑誌で読んだ絶版マンガを買い直すのが、お父さんのささやかな趣味だから。

「最近ずっと行ってなかったくせに」

きっとお父さんも、わたしと顔を合わせたくないのだろう。自分を否定する相手と一緒にいる苦しさを、身をもってわかったはずだ。

わたしはお父さんを傷つける意思を持って、あの言葉を口にした。後悔がないわけじゃないけれど、わたしだって苦しかった。その気持ちを伝えたかった。

「雨、ずっと降ってるのかな……ふわぁ」

キッチンは薄暗く、外の憂鬱をガラス窓にしたたらせている。見ていると無性にあくびが出た。あんなに寝たのにまだ眠い。

「明日からまた一週間、学校……」

結局すぐにベッドに入り、わたしは朝までずっと夢の中に逃げた。

6

登校しても上履きに異変はなく、下駄箱にガムがねばついてもいなかった。女子トイレがいつも以上に騒がしいということもない。

ひょっとして南マチは飽きたのかと思ったけれど、安心させてから突き落とすのが彼女のやりかただった。油断はできない。

そう思いながらもささやかに希望を抱いていたわたしは、教室に入って着席してから愕然《がくぜん》とする。

黒板に、一枚の紙が貼られていた。

それはメッセンジャーアプリの画面を拡大して印刷したもののようで、給食の時間に変顔をしているわたしの画像と、そこに続く『ブスすぎw』、『マジキモ』、『鼻からベジタブル出そう』といった、参加者の発言が並んでいる。

恥ずかしさと怒りで手が震えた。でも黒板に向かって剝《は》がすなんてできない。だってクラス全員の目がわたしに向いている。南マチと取り巻きだけじゃない。ハルカもユイナも、なにか言いかけて無言で席を移動していた男の子も。

クラス中がわたしの知らないところで、わたしを一方的に否定している。それを想像すると、恐怖でつま先に力が入らなかった。

『つかさ、ぼっちが学校きて意味あんの？』

『いまだから言うけど、お寺とかつきあわされるのほんと嫌だった』

『僕に席を代われとか調子乗ってるから、こういう目に遭うんだよ』

わたしを否定する言葉の羅列が、勝手に頭の中に飛び込んでくる。

「やめて！」

耳をふさいで叫んだつもりだけれど、声は出なかった。

「なんか口パクパクしてんだけど！　コイかよ！」

南マチが勢いよく煽《あお》り、クラス中に笑いが渦巻く。

あの写真を撮ったのはハルカとユイナだ。わたしはそこまで嫌われたのかとふたりを見る。なぜかふたりとも口を半分開け、泣きそうな顔でわたしを見返していた。

「おまえら席つけ」

いきなり担任が教室に入ってきた。いつもよりも時間が早い。

南マチが舌打ちし、取り巻きたちも顔をしかめる。

クラス全員の目が、黒板に貼られたままの紙を見つめる教師に向いた。

「一時間目は自習だ。騒ぐなよ」

担任教師はそれだけ言うと、ホームルームもせずに教室から出ていった。

クラス内にさっきよりも大きな笑いが起こる。「事なかれ主義もここまでくると清々《すがすが》しい」と、誰かが大人っぽいセリフを吐いた。

事実そうだと思う。動かぬ証拠を無視したのだから、あの担任がクラス内のいじめを認めることはないだろう。わたしに味方はひとりもいない。もう自分でなんとかしなければならない。

崩れ落ちそうな膝《ひざ》をつねって立ち上がり、黒板に向かって歩く。

憐《あわ》れみの視線の中、紙を剝がしてポケットにしまうと少し落ち着いた。わたしだってやればできる。このくらいなら平気と言い聞かせつつ、自分の席へ戻る。

「それ、まだジョノクチだから－」

わたしの安堵を見透かしたように、南マチがくちゅっと顔をゆがめた。

その言葉が意味するところは、一時間目の終わりのチャイムが鳴ってわかる。

「二時間目も自習だ。騒ぐなよ」

再び現れた担任が告げた事実に、クラス内が騒然となった。

わたしもうつむいていた顔を上げる。以前に席を代わってもらっていた男の子と目が合った。その口は、今日も半分だけ開いている。

けれど、彼がなにを言いたいのか推測することはできなかった。

教室が静かになる前に、先生がこう言ったから。

「それから月観、かばん持って先生とこい」

六畳くらいのスペースに、革張りのソファと高そうなガラスのテーブル。壁には大きな棚があって、トロフィーや賞状がいっぱい飾られている。

初めて入った学校の応接室で、わたしはひとり所在なく座っていた。物珍しい光景に落ち着かないのもあるけれど、それ以上に、お父さんかおばあちゃんが事故にでもあったんじゃないかと気が気でない。

窓の外で降っている雨が、余計に不安をあおり立てた。にらむようにポプラの木を見ると、一羽のハトが雨宿りしているのに気づく。

「あのハトって……」

突然バンと大きな音がした。わたしは驚いて首をすくめる。

「月観、おまえ御朱印を売っているのか？」

乱暴にドアを開けた担任が、歩きながら早口で言った。

「えっと、意味がよくわからないんですけど……集印はしています」

「シュウイン？　御朱印を集めてるってことか？」

「はい。寺社に参拝して授けていただいてます」

「それをネットで売ってるのか。こんな風に」

先生が向かいのソファにどさっと座り、タブレットをテーブルに置いた。

画面にはニュースと思《おぼ》しき文字が並んでいる。内容はネットオークションで御朱印が売買されていることを知った、住職の嘆きだった。

「こういうことをしているやつがいるのは、知ってるか？」

「知ってますけど……御朱印はお参りをした証で、もともとはお堂で写経をした人に発行された証明書と言われています。だから自分でお参りしていただかないと意味のないもので、売ったり買ったりしたらご利益がないどころかバチが当たります。わたしはそんなこと絶対にしません」

おおむねそんな意味のことが、御朱印おじさんのブログに書かれていた。『印即《いんすなわち》是縁《これえん》。縁なき印に福はなし』というタイトルで、まったくもってその通りだと思う。

「そういうのはいい。というか、事実はどうだっていいんだ」

先生が面倒そうにタブレットを操作する。つぶやき型のＳＮＳが表示された。

『拡散希望。御朱印転売女子中学生です』

そんなメッセージとともにポストされている、二枚の写真。

一枚は例の変顔をしているわたしで、目のところに黒い線が引かれている。

もう一枚の写真もわたしで、神鳴寺でカミナリを落とされた人を見て、驚いている瞬間のものだった。肝心の怒られていた人は、画像から見切れてしまっている。

「これは投稿されたときの画面を保存したものだ。投稿者はすでにアカウントを消している。だが制服を見た一部の人間から、学校に問い合わせがあった」

膝に置いていた手が、シャワーの水をかけたように冷たくなっていく。

「そういうわけで、我々は色々対応しなきゃならん。月観はしばらく学校を休んでくれ。もうすぐお父さんが迎えにくる」

「わたしじゃない！　わたしはそんなことしない！」

声は出なかった。がたがた震えているくせに、自分の意思では凍った体のどこも動かせない。そのくせ全力で走ったみたいに、呼吸はどんどん荒くなっていく。

画像を提供したのはハルカとユイナだ。でもさっきのおびえた様子からすると、ふたりはこんなことになると考えていなかったと思う。きっとふたりは『N』の悪口で盛り上がるだけのつもりだった。それをネットに詳しい南マチの取り巻きが見て、画像を悪用することを思いついたのだろう。

先生は『事実はどうだっていい』と言った。おそらく犯人は南マチだと気づいているけれど、それを追及するつもりはないのだと思う。デジタルネイティブという言葉を教えてくれたときみたいに、先生は生徒を理解することを諦《あきら》めている。

胃からなにかがこみ上げてきた。気持ち悪さに目がまわる。

「ノナ！」

大きな声とともに、お父さんが応接室に入ってきた。

雨の中を走ってきたに違いない。お父さんの白い靴下に散った泥水を見た途端、涙があふれてきた。

たとえケンカしていても、やっぱりお父さんは家族だ。先生さえも守ってくれない世界で、お父さんだけはわたしの味方だった。そう思った。

「先生、私はネットに詳しくありません。これは深刻な問題ですか」

荒い息を吐きながら、お父さんがわたしの隣に座る。

「いえ、たいしたことではありませんよ。ちょっとした悪ふざけに、ヒマ人が首を突っ込んだだけですから」

「ノナは学校でいじめに遭っているんですか？」

「学校側は、そういった事実を確認していません」

ほっとしたお父さんの横顔を見て、やっとわたしの口が開いた。

「お父さん、わたし――」

「ノナ、ちょっと黙っててくれ。いま先生と話してる」

「でも、わたし、悪いこと、してない」

「先生、自宅待機はどのくらいですか」

お父さんはわたしを無視し、わたしではないなにかについて先生と話している。

「状況次第ですが、そう長くはないと思いますよ」

「その間に、親がすべきことはありますか」

「そうですね。勉強が遅れないようにしてあげてください」

「わかりました。どうもこのたびはご迷惑を――」

「うるさい！」

わたしの叫び声に、ふたりの大人が息をのんだ。

「お母さんはいつでも優しくわたしを見守ってくれた！　なんでお父さんは否定ばっかりするの？　どうしてわたしの話を最後まで聞いてくれないの？」

「落ち着けノナ。俺は否定なんてしていない」

「家族だけは味方だと思ってた！　なのに……！」

「俺はいつだってノナの味方だ」

「うるさい！　お父さんも、先生も、みんなうるさいよ！」

わたしは応接室を飛び出した。追ってくる声を振り切って校内を駆け抜ける。一階のロビーから、そのまま土砂降りの雨の中へ飛び出す。

振り返らず、がむしゃらに通学路を走った。

誰かに声をかけられそうになっても、立ち止まらずに振り切った。

心臓が破裂しそうだった。破裂すればいいと思った。

びしょ濡れで、泣き顔で、心の底から叫びたいのに声が出ない。

やがて息が続かなくなって、水かさの増した見晴用水沿いをよろよろと歩く。

お母さんに会いたい。おばあちゃんに会いたい——。

「ノナちゃん！」

宇佐さんが駆け寄ってくる。無意識に静かな場所を求めていたのか、わたしはいつの間にか有久井印房のドアを開けていた。

「ご迷惑でしょうけど、少しだけ、お店にいさせてくれませんか」

宇佐さんの視線がわたしの足下に向く。木の床に水たまりができていた。つま先がやけに赤いと思ったら、上履きのままだった。

「店長タオル！　かぴおくん工房のお風呂沸かして！　鳩なんとかさんはチョットさん呼びに行く！　その他のお客さんはごゆっくり！」

あたふたと店内を走るアリクイさんたちを見て、わたしはたぶん笑顔になった。

「ノナちゃん、お店そろそろクローズだから帰ろっか」

肩に優しさを感じて目を開けると、ぼんやりと宇佐さんの顔が見えた。

「いまは午後八時。お父さんには連絡してあるよー」

　宇佐さんの顔の横で、わたしのスマホが揺れている。

「え……？　……えっ！」

　びっくりして飛び起きた。背中にかかっていた毛布が落ちる。

「わたし、ずっと眠ってたんですか……？」

「寝てたねー。お風呂を上がったあとに、カウンター席でクリームソーダを飲みながらこてんと。わたしが大学で午後の授業を受けて戻ってきても、ずーっと同じ格好ですやすやと」

　まあ女子中学生はそんなものと、宇佐さんがくすくすと笑う。

　わたしは恥ずかしさのあまり、カウンターにつっぷした。いったいどれだけいいご身分なの？　おまけにお店で八時間爆睡って、どうしてこの状況でそんなに眠れるの？　その間に、お客さんはどのくらいきたの？

「顔は毛布で隠れてたから、気にしなくても大丈夫だよ」

　アリクイさんの声がする。そんななぐさめは……ちょっとうれしい。

「それよりノナちゃん、おなか空《す》いたでしょう。余りもので作ったサンドイッチだけど、よかったら食べてください」

　カウンターの上に、ことりとプラスチックのランチボックスが置かれた。

「なんで……なんでアリクイさんたちは、こんなに親切なんですか？」

「えっ、いや、食材が余ってもったいなかったから……」

「どうして……？　血のつながった家族ですら否定するのに、どうしてアリクイさんは赤の他人に優しくできるんですかっ！　アヤカシだからですかっ！」

自分の首を絞めたかった。こんなに優しいアリクイさんに八つ当たりしている自分をすぐに黙らせたい。そう思っているのに、言葉と涙は勝手にあふれ出る。

「わたしはなにも悪いことしてないのに、どうしてみんなうるさいんですか！」

「あの、優しいかどうかはわかりませんけど、ぼくはアリクイです」

「知ってますよ！」

「だからその、赤の『他人』ですらないんです。でもたくさんの人が、ぼくを受け入れてくれました。だからぼくも、同じようにしているつもりです」

アリクイさんはなぜか恥ずかしそうに、爪でこりこりとカウンターを削った。最後に小さな声で、「あとアヤカシでもないです……」とつけ加えて。

自分が本当に嫌になった。最低の気分だった。もうこのまま死にたい。

「ノナちゃん、明日の午前中に店長とデートする？」

頭の上で聞こえた宇佐さんの言葉を、最初は聞き間違いだと思った。

「お父さんに聞いたんだけど、ノナちゃんしばらく学校休むんでしょう？」

「ちょうど明日、夕子さんにお参りに行こうと思ってたんだ。ノナちゃんが一緒に行ってくれたら、ぼくもご神木に胸を張れます」

言葉の意味はよくわからないけれど、わたしはうなずくしかなかった。

たぶん宇佐さんは、わたしが帰りたくないのを見抜いてそんな提案をしてくれたのだと思う。すでにあり得ないほどの厚意に甘えているのだから、これ以上お店に長居して迷惑をかけるわけにはいかない。

「それじゃあ明日。朝の九時にお店で待ってます」

小さくうなずくアリクイさんに頭を下げ、わたしは宇佐さんとお店を出た。


「うちの店長、ぬいぐるみみたいでしょう？　お客さんからも好評なんだよねー。『悩みごとを打ち明けても恥ずかしくない』って」

夜空を見上げて歩く宇佐さんの横顔は、口元がちょっぴり笑っている。

「中学生はたいへんだよね。大人だって言われたり、子どもだって言われたり」

なんでそんな話と思ったけれど、わたしを心配してくれているのだと気づいた。

「でも実際、そういう時期なんだよ。まだ感情と行動のバランスが取れなくて、あとで後悔することをいっぱいしちゃう。だから人とうまくいかないことが多いけど、そんなときは、相手もうまくいかないなあって思ってるよ」

「それって……わたしが反抗期だからですか?」

聞いた途端、宇佐さんがあははと笑い出した。思わずむっとなる。

「ごめんごめん。ノナちゃんのことを笑ったんじゃないよ。わたしがノナちゃんくらいの歳《とし》の頃、よくお姉ちゃんとケンカしたんだけどね。お姉ちゃんがわたしに向かって、『成長期かコノヤロー!』って卍固《まんじがた》めしてきたのを思い出して」

「マンジガタメ?」

「うん。でもうちのお姉ちゃんはいつも正しいから、きっとあの頃のわたしは、成長期だったんじゃないかな、夏」

「夏?」

「じゃあね、ノナちゃん。明日は店長が怒るといいね」

「えっ、怒る?」

最後に謎の言葉を連発して、宇佐さんは去っていった。

初めて会ったときからミステリアスだったけれど、いよいよわけがわからない。もしかしたら宇佐さんこそがアヤカシなのかも。

わたしはウサギにつままれたような気分で玄関のドアを開けた。そうして家に入ってから、自分がそれを簡単に成し遂げたことに驚く。

もしもひとりだったなら、お父さんと顔を合わせる気の重さに、わたしはずっと玄関の前で立ち尽くしていたはずだから。

宇佐さんに感謝しながらリビングの電気を点《つ》ける。お父さんの姿は見当たらない。こんな時間に出かける用事もないだろうから、会社に戻って昼に抜けた分を埋め合わせているんだと思う。今日だって、お父さんは呼ばれたから学校にきただけ。娘のことを心配していたわけじゃない。

それならそれで都合がいいと、わたしはサンドイッチのランチボックスを抱えてベッドの中へ逃げた。タマゴ、トマト、ハム、レタス。具は色々あったけれど、どれもマヨネーズがすごくおいしい。おいしすぎて涙が出た。

家にいても食べ物がおいしいなんて、アリクイさんたちのおかげだから。

7

「縁結びって言うと恋愛のイメージがあるけれど、人が最初に持つ縁は家族だよ」

夕子神社のご神木の前で、アリクイさんが言う。

今朝はお父さんが起きてくる前に家を出た。コンビニで時間をつぶして有久井印房に向かうと、いつもつぶらなアリクイさんの目が、蚊に刺された跡につけたばってんみたいにしょぼしょぼしていたので、悪いと思いつつ笑ってしまった。朝はあんまり得意じゃないらしい。

たぶんアリクイさんは、わたしのために無理をしてくれたのだと思う。いつもより早起きをして、仕込みを済ませたりして。

「アリクイさん、昨日はありがとうございました。サンドイッチおいしかったです」

「あ、いえ、そんな。あれは本当に余りもので」

「わたしは、体調を崩したおばあちゃんの回復祈願として参拝を始めました」

アリクイさんがちょっと目を大きくしたあと、静かにうなずいてくれる。

「でも、それだけが理由じゃないんです。だから以前に集印を始めたきっかけを聞かれて、答えられませんでした」

息をするみたいに、言葉が自然に出てきた。

わたしはずっと、誰かに話を聞いてほしかったのだと思う。でもお母さんやおばあちゃんはもういない。だから否定されたくなくて、ずっと黙っていた。

きっと宇佐さんは、初めて会ったときから気づいていた。それで伝説の白いアリクイなんて話をしてくれて、昨日も『ぬいぐるみみたいで話しやすい』と背中を押してくれた。

たぶんわたしも、アリクイさんに話したかった。でもまだどこかでその存在を受け入れられなくて、昨日あんな風に八つ当たりしたのだと思う。

「小六のとき、お母さんがガンで亡くなりました」

わたしはようやく、アリクイさんに本心を話すことができた。

『お母さんはもうすぐ死んじゃうけど、ノナにもお父さんにも、悲しんでほしくないのよね。ふたりには、ずっと笑っていてほしいの』

病院のベッドで、お母さんは自分が死んだあとのことをよく言った。

『だからノナとお父さんは、ふたりで半分ずつお母さんになってね』

これは説明するのが恥ずかしいけれど、わたしはもちろん、うちのお父さんは四十過ぎても子どもっぽいところがあった。だからそんなお父さんの世話を、お母さんがしていた半分だけ、わたしに焼いてほしいということらしい。

反対にお父さんは、半分だけお母さんになったつもりでわたしを見守る。そうすることで家にはちょうどお母さんがひとり分いることになり、ふたりともさびしくないだろうという話だった。

わたしもお父さんもそれを承諾し、お母さんは安心して天国にいったと思う。けれど、実際はうまくいかなかった。わたしは中学に上がって環境が変わり、お父さんも昇進して仕事が忙しくなり始めたところだったから。ふたりとも家事をするのが精一杯で、お互いお母さんになる余裕なんてなかった。

その上お父さんは自分のこともできないくせに、わたしにばかり文句を言う。わたしだって言いたいことはあるけれど、否定はしたくないからただ聞くだけ。たまに言葉を選んで反論したけれど、お父さんはまるで聞く耳を持ってくれなかった。

日に日にストレスが増えていく。そうしてわたしが限界を迎える寸前で、おばあちゃんが家にきてくれた。

わたしは自分の話を聞いてくれる人ができてうれしかった。お父さんは『きてくれなんて頼んでない』と文句を言いながらも、結局はおばあちゃんに甘えた。

お父さんとわたしとおばあちゃん。そんな三人の生活は一年続いたけれど、わたしが二年生になったこの四月に、おばあちゃんが体の不調を訴えた。おじいちゃんのお墓と離れているのも心配ということで、いったん田舎に帰ることになった。

わたしとお父さんの暮らしは、またギスギスしたものに戻った。

そうしてケンカになったある日、お父さんが『反抗期か？』と吐き捨てるように言ったところで、わたしの我慢は限界に達した。

『もうお父さんと話なんてできない！　この先もお父さんと暮らしていくなんて絶対無理！　どうしてお父さんがわたしのお父さんなの！』

これほど強い否定の言葉を使ったのは初めてだと思う。でもわたしにはお父さんを傷つける意思があった。自分を守るためにはそうするしかなかった。

とはいえすぐに家を出ていくわけにもいかず、この日から口数の減ったお父さんとの暮らしが、現在も続いている。

「だから、わたしは集印を始めたんです。お参りしておばあちゃんによくなってもらって、わたしを田舎に引き取ってもらうために」

ここまで話す間、アリクイさんは一度も言葉をはさまなかった。ときどき静かにうなずいてくれるだけで、黒い瞳はずっと夕子神社のご神木を見ている。本当に、ぬいぐるみに話しているみたいな気分だった。

「ノナちゃんのお母さんは、とても優しい人だったんだね」

わたしが一通り話し終えると、アリクイさんはゆっくりと空を見上げた。

「はい。友だちみたいなお母さんでした」

「お父さんも、本当はノナちゃんとそんな風に接したかったんじゃないかな」

「お父さんが……？」

なにか問題が起こったとき、子どもは自分ひとりで解決できない。親はそんなときに全力で子どもを守る存在なのだと、アリクイさんは言う。

「お父さんは長く生きてきた分、知識と経験があるんだ。だから自分がしてきた失敗を娘にさせたくないんだと思うよ。そうするとノナちゃんの話を聞かないこともあるし、心配して強く言いすぎちゃったのかもしれないね」

「でも、お母さんはそんなことありませんでした」

「お母さんはひとりじゃなかったから、お父さんがいたから、ノナちゃんに寄り添うように接してあげられたんじゃないかな」

「それって……もしも死んじゃったのがお父さんだったら、お母さんもガミガミ言うようになったってことですか？」

「それは誰にもわからないけれど、お母さんがいなくなってさびしいのは、お父さんも一緒だよ」

確かにお母さんが生きていた頃のお父さんは、子どもっぽいところがあった。蚊に刺された跡にばってんをつけたり、クリームソーダを飲んで緑色になった舌を見せる人だった。

でもお母さんが死んでしまったから、お父さんは子どもでいられる余裕がなくなった。自分の経験をガミガミと押しつけるしかなくなった。

もしそういうことだとしたら、もうどうしようもないと思う。

シングルファーザーの立場と責任はわかるけれど、お母さんはもういないから。

「この世で一番つらいのは、自分の死を子どもに伝えることさ」

その声は足下から聞こえた。見ればひょっこりかぴおくんがいて、あの眠たげな目で空を見上げている。

「かぴおくん、お店は……？」

アリクイさんが不安げに尋ねると、かぴおくんはふっと笑ったように息を吐き、無言のまま片手を上げて去っていった。

「アリクイさん、いまかぴおくんが言ったのってどういう意味ですか？」

「……自分の死を子どもに伝えるのは、『もうあなたを見守ってあげられない』って意味だよ。それは親にとって、自分が死ぬこと以上につらいことなんだ。それでもお母さんがノナちゃんにきちんと伝えた理由は、ひとつだと思います」

お母さんはもうわたしを見守ってくれない。お父さんは親の責任を持つことで精一杯。だったら、わたしの話は誰が聞いてくれるの？

「……わたし？　わたしは半分だけお母さんの役目を受け持って、自分自身を見守らなきゃいけなかった……？」

なのにわたしは、それをお父さんに求めてしまった。

「当時小学生だったノナちゃんに、お母さんは『今日から大人になりなさい』って言ったんだと思います。それがどれだけ心苦しいことか、一番理解しているのは同じ親であるお父さんだよ」

お父さんだってお母さんがいなくなって悲しいのに、わたしはそんな気持ちを考えなかった。ぶつかり合ったときも、『世代が違う』とお父さんから逃げた。

お母さんの決意をきちんと汲《く》み取ったお父さんを、わたしは全部否定した。

「わたし、お父さんにひどいことを言った……」

一度相手の心に刺さった言葉は抜けない。もう取り返しがつかない。

「『印即是縁』って言葉があってね。印、つまりハンコは人と人との縁を結ぶ道具だから、それを彫るものも人の縁を知らなければならないって意味なんだけど」

いきなり話が変わって、わたしはきょとんとしてしまった。そしてその話、どこかで聞いたことがある。

「昔はいまほど医学も法律も発達していなかったから、自分ではどうしようもないことがたくさんありました。だから人は神様にすがったんだと思います。最終的に問題と向き合うのは自分だとわかっていても、味方がいると心強いから。それを目に見える形にしたのが御朱印だと、ぼくは思っています」

昔の病気と比べると怒られそうだけれど、わたしとお父さんとの関係はもう『どうしようもないこと』になってしまった。だからわたしはずっと逃げていた。

でも、家族であるからには、いつかはきちんと向き合わなければならないのだと思う。だからアリクイさんは、わたしをご神木の前へ連れてきてくれたのだろう。

こじれてしまったわたしの『最初の縁』を、もう一度結んでもらうために。

「ノナちゃんは神様とのご縁をたくさん結んでいるから、きっと大丈夫だよ」

「……ありがとうございましたアリクイさん。わたし、もう逃げません。きちんと大人になって、お父さんと話します」

わたしはご神木に手を合わせ、仲直りの願立てをした。結願したらお父さんとお礼参りにこれたらいいな。そんな気分で青い空を見上げる。

「だから言ってるでしょう！　転売じゃないわよ！」

いきなりけたたましい声がして、驚いてアリクイさんと見つめ合う。

なにやら社務所のほうが騒がしい。ふたりでおっかなびっくり近づいてみると、派手な服を着たおばさんが窓口でわめいていた。

「御朱印っていうのはね、親族の分ももらっていいのよ。あなた神社で働いているのに、そんなことも知らないの？」

「もちろん存じていますが、ご親戚《しんせき》が四十人というのはさすがに……」

受付の巫女《みこ》さんがたじろいでいる。当たり前だ。御朱印はさらりと書けるようなものじゃない。いっぺんに四十も授けていたら、次の人まで回らない。

「あの人って、御朱印の転売する気ですよね？」

「た、たぶん。いやでも、うーん……」

アリクイさんは優しすぎる。ああいう自分のことしか考えてない人がいるから、巡り巡ってわたしみたいな人間が損をする。そう思うと怒りがこみ上げてきた。

「御朱印の転売はやめてください！　迷惑です！」

いままでだったら、わたしはおばさんを否定しなかったと思う。肯定できないことには、ただ黙っていたから。

いまだって、誰かを否定するつもりはない。わたしはこの人を否定したいんじゃなくて、自分を肯定したいだけ。わたしはいままで声を出さないことで、自分自身を否定していたと気づいた。

「は？　あんたなんなの？　転売とか言いがかりやめてよね」

「そこまで親戚が多いなら、人数分じゃなくて家族単位でもらってください。御朱印には一体一体、神様が宿っています。墨書きはコピーじゃありません。ハンコだって職人さんたちが何年もかけて勉強しながら彫っています。それを授けていただくことに、ありがたみを感じてください」

「子どものくせに。あんた夕子神社に関係ないでしょ！　引っ込んでなさい！」

「関係あります！」

とは言ったものの、あとに続く言葉が出てこない。わたしが宇佐さんだったら相手をうまく言いくるめられるのに……なんて悔しがっていてひらめいた。

「わ、わたしは神に仕えるしもべです。あなたのような信心の足らないものには、バチを当てますよ！　この伝説の白いアリクイさまが！」

アリクイさんが「えっ」と表情なく驚いた。わたしはその耳元で、「おばさんを脅かしてください。わたし、アリクイさんのブログ大好きです」とささやく。

「なっ、なんでそれを……そっ、そうです！　ぼくがバチを当てますよ！」

アリクイさんは戸惑いつつもやけ気味に、がおーと両手を大きく広げた。

わたしはなんてこったと頭を抱える。これで怒っているつもりなら、完全に逆効果だ。ポーズがあまりにもかわいすぎる。顔に迫力がなさすぎる。宇佐さんが『怒るといいね』と言った意味が、一番最悪のタイミングでわかった。

「なによこのゆるキャラ。かわいいわね」

転売おばさんがアリクイさんの頭をなで始める。

ああもう万事休すと思ったところに、その人は現れた。

「すみません、ちょっといいですか」

「なによあんた」

「ご同業ですよ。この近くに神鳴寺というお寺があるんですが、そこの御朱印がいま密《ひそ》かな人気でしてね。なんでも期間限定だそうで、ネットでの売買価格も夕子神社の三倍にはなるようです」

おばさんの目が輝いた。でもすぐに元の表情に戻る。

「……うさんくさいわね。なんであんた、そんな情報くれるのよ」

「私は地方の印をまとめて、御朱印帳ごと売ってましてね。神鳴寺さんのはもういただいたので、いまは夕子さんのほうが大事なんです。ここで四十人待ちするくらいなら、泣く泣くお教えした次第でして」

転売おばさんはためらっている。

「行くなら急いだほうがいいですよ。御朱印をいただけるのは午前だけですから」

それが決め手になったのか、転売おばさんはお礼も言わず、あっという間に鳥居の向こうへ消えてしまった。

「やっぱり、タイムサービスとか限定って言うと、おばさんには効果あるな」

おばさんの同業者は、わたしを見て子どもみたいな顔で笑った。

「お父さん、なんでここにいるの……？」

「見たかノナ？　口先三寸で悪いやつらを撃退するヒーローだぞ。昔好きだったマンガでそういうのがあってさ。『悪者とは直接やり合っちゃいけない』って決めぜりふがかっこいいんだ。神鳴寺の住職、おっかないだろ？　ああいうおばさんに対抗できるのは、有無を言わさぬ迫力だ。きっとカミナリを落とされまくるぞ」

そこまで言うと、お父さんは急に神妙な面持ちになった。

「ノナ、いままで悪かった。お母さんが死んでからいっぱいいっぱいで、俺ちょっと余裕がなかったんだ。おまえの話もろくに聞かなかった」

いきなり頭を下げられてまた驚く。なんで急に態度が変わったの？　辺りを見回すと、遠くのご神木の陰から顔だけ出して、うんうんとうなずいていた。

「えっと……わたしもごめんなさい。どうせ話を聞いてもらえないと思って、お父さんにちゃんと伝えようとしなかった」

とりあえずと、わたしも頭を下げた。けれど心の準備ができていなかったから、うまく伝えられない。まずは疑問を解消しないと、謝罪にも身が入らない。

「お父さん、もう一度聞くけどなんでここにいるの？」

再び最初の疑問をぶつけると、お父さんが肩掛けのバッグからなにかを出した。

「これ、御朱印帳……？」

わたしのと似た黒い友禅《ゆうぜん》和紙の蛇腹式で、すでにいくつか集印されている。よく見ると、わたしが参拝したところばかりだ。

「この前の日曜日、きちんと話し合おうと思ってノナの部屋に行ったんだ。けどおまえずっと起きなくてさ。手持ち無沙汰《ぶさた》に部屋を見回してたら、机の上になんかきれいなノートがあったんだよ。中を見て『なんだこりゃ』って思った」

「きれいなノートって……わたしの御朱印帳を見たってこと？」

「ああ。ノナに『お父さんと暮らしたくない』って言われたときから、ずっと考えてたんだ。やっぱ俺にちゃんとした父親は無理だって。これ以上ノナを傷つけるくらいなら、威厳はなくても友だちみたいな親のほうがいいってさ。だから昔みたいに一緒に遊べることをしようと思ってたんだよ」

それで、自分でも集印してみようと思ったらしい。ある程度集めてわたしに見せたら、仲直りできるかもしれないと。

「まだ近場をちょこっと回っただけだけど、神仏のご利益ってすごいんだな。ここでノナに会うとは思わなかったよ。もう願いがかなった」

お父さんがにかっと笑う。蚊に刺された跡にばってんをつけたときの顔で。

「お、とう、さん……」

唇が震えてうまくしゃべれない。

わたしはお父さんと離れるために集印をした。お父さんはわたしと仲直りするために印を集めた。どうしてわたしもそうしなかったのかと、悔しくて涙が止まらない。

「あのとき、ひどいこと言って、ごめん、なさい……」

しゃくり上げるわたしの頭を、お父さんがぽんとたたいた。

「いいんだノナ。言わせた俺が悪い。これからは俺もガミガミ言うのをやめる。ノナはもう子どもじゃないもんな。ノナの教育はノナに任せるよ」

　お父さんはわたしが子どもだと思っているから、『反抗期』なんて言葉を使ったのだと思う。お母さんが言った通りわたしがきちんと大人になっていれば、こんな風にこじれることはなかった。

「だから、これからはノナもなんでも言ってくれ。本当は言葉に誤用なんてない。意味が伝わればそれで十分だ。ついでに聞くが、『AN』ってどういう意味だ？」

「あ、『ありよりのなし』の略。ところでお父さん、会社は？」

　わたしはとっさにごまかした。

「休んだ。有休が余ってたんで、少し早めの夏休みを取った。これから色々大変なんだよ。まずは今日の午後、空港までおばあちゃんを迎えにいく」

「えっ？　おばあちゃんこっちくるの？　というか体調よくなったの？」

「いや、元々そんなに体は悪くなかったんだよ。去年おばあちゃんが風邪を引いたときに、頃合いだと思って俺が追い返したんだ。娘の面倒くらい俺が見るって、変な意地張ってさ」

　なんだそうだったのかと安堵し、ちょっとお父さんをにらんだ。でも意地を張った理由もわかるから、許してあげることにする。

それはともかく、これで満願成就だ。思い描いた通りではないけれど、わたしが抱えていた問題はすべて解決――。

「……してない」

わたしが集印を始めた理由は、おばあちゃんに元気になってもらって、わたしを田舎に引き取ってもらうためだ。その根本の理由はお父さんとの不仲だけれど、いまはどちらも解決した。わたしが家を出る理由はなくなった。

けれど、わたしはもうひとつ問題を抱えている。

どうせ引っ越すからと真剣に考えなかった学校生活と、わたしはこれから向き合わなければならない。味方がひとりもいない世界で、南マチと戦わねばならない。

「あのな、ノナ。俺、転勤することにしたんだ」

「えっ、どこへ？」

降ってわいた奇跡に、思わず身震いした。

「勤務先は変わらない。転勤したってことにするんだ」

「どういう……こと？」

「ノナ、学校でいじめられてるんだろう？」

はっとしてお父さんを見る。でもすぐに顔を伏せた。

「ノナを学校に迎えに行った日、おまえが応接室を飛び出したあと俺は追いかけたんだ。その途中で、おまえのクラスの男の子に話しかけられたよ。『月観さんはクラスメートからいじめを受けています』ってさ」

その男の子は、『自分と同じで言いたいことを言えない女の子だから、助けてあげてください』と、詳しい事情を説明してくれたと言う。

「だからいじめの主犯はわかってる。俺はそいつと対決する覚悟がある。学校にいじめを認めさせて、グループ全員に謝罪させてやる」

それが、逃げずに問題と向き合うことなんだろうか。

「でもそんなこと、ノナは望んでないだろう？　おまえは毎日をただ静かに過ごしたいだけだもんな。自分でお参りするようになって、娘のことが少しわかった。それにな、いじめてた奴らに謝らせても、ノナが学校で居心地よくなるわけじゃない。むしろ悪くなることすらある。じゃあ学校なんて行かなくていいと言えばいいのか？　それは違うだろう。かわいい娘に『ひきこもれ』なんて言うのは親の愛情じゃない。義務教育は親の義務だ。子どもが望む教育を受けさせてやるのが、親の責任だろ？　嫌なことからは逃げてもいいと教えるなら、きちんと逃げ道を用意してやらなきゃいけない。だから転校しよう、ノナ」

わたしはぽかんとしていた。まるでハンコについてしゃべるアリクイさんや御朱印を熱く語るわたしみたいに、お父さんの口が止まらない。

「まあいじめたほうにお咎《とが》めなしってのは気に入らないが、『悪者とは直接やり合っちゃいけない』からな。だが転校と言っても簡単じゃないぞ。たとえば遠くの学校に移ってここから通うと、以前の学校でいじめられて転校したと見破られる。かといって近場だと噂《うわさ》も流れるし、そもそもいまの学校が転校許可を出してくれない。学校側はいじめがあった事実を隠したいからな。だからノナが通いたい学校のある街に引っ越すのが一番だ」

「でも、それじゃお父さんがたいへん……」

「考えてみろノナ。おまえがいまの中学に通ってるのはなぜだ？　家が学区内にあるからだ。その家を買うと決めたのは俺だ。じゃあこんな家とっとと売っ払え……って わけにもいかないんだ。ローンが残ってるからな。だからさ、一年半だけおばあちゃんに住んでもらうんだよ。新しい学校が決まったら、俺とノナはその近くにアパートを借りる。別にいまの家からフリースクールに通ったっていいぞ。その辺は学力の兼ね合いもあるだろうから、先生と話し合って決めてくれ。まあどこへ越しても、週末はこっちに帰ってくるけどな」

「お、お父さん、なんでそんないじめとか転校に詳しいの……？」

「そりゃあ、ネットを見ずに新聞を読むからさ」

クリームソーダで青くなった舌を出すときの顔で、お父さんが笑う。

「ネットは情報が濃い代わりに偏るっていうか、自分の好きなことしか見なくなるだろ？ でも新聞は情報を選べない。だから興味がないことでも、なんとなく覚えちゃうんだよ。知ってるか？ 海外には『いじめ保険』ってのもあるんだぞ」

いまのお父さんは、お母さんが生きていた頃と同じだった。きっとわたしたち親子は、この二年間さびしがっていたのだと思う。

「いやまあ、ちょっとだけネットでも調べたけどな。昨日先生と話したとき、『悪人じゃないがこいつは頼れない』って確信したんだよ。『ＡＮ《ありよりのなし》』だな。ノナの無実を証明しようなんて気はさらさらなさそうだったから、俺がやるしかないだろ？」

「お父さん、わたしが転売してないって信じてくれてたの……？」

「世界中が有罪を主張したって、親は子どもを信じるさ。そんなの聞くまでもない大前提だ。その上でいかに娘を守るかを考えるのが、俺の役目だよ」

偉そうな言いかたをすると、お父さんも成長したのだと思う。つまりはお母さんの死を受け入れて、自分の役目を見つけたということ。

わたしもお父さんに負けないよう、もっともっと成長しないとね。

「役目と言えば、例の男の子に伝えてくれと頼まれてたっけな。『ぼくは席を代わるの、嫌じゃなかった』って。どういう意味だ？」

少しびっくりする。わたしはてっきりうとまれていると思っていた。

本当に言葉というものは、口にしなければちっとも伝わらない。わたしは否定の言葉を恐れすぎて、ANなお父さん以上にネガティブだったと反省した。

これからは、問題をよく見極めてきちんと向き合おう。南マチの存在はきっと『どうしようもない』ことだけれど、ハルカとユイナにはちゃんと謝りたい。言えば否定されると決めつけて、一緒に給食を食べない理由を誤解させたことを。

まあだいぶこじれてしまったから勇気がいるけれど、いまのわたしには背中を押してくれる人がいる。

「本当に、ありがとう――」

わたしが笑顔を向けると、お父さんが気恥ずかしそうに両手を広げた。申し訳なく思いつつ、その横を駆け抜ける。

「アリクイさんっ！」

ふわふわした体を抱きしめると、アリクイさんは「なんでぼくっ？」と慌てた。

人前でお父さんに抱きつくなんて無理。それに——。

「乙女が求めるのは、ふわふわですから」

『成長期』を終えたいま、わたしは宇佐さんみたいな大人に成長したいから。

ARIKUI no INBOU

運命の人と秋季限定フルーツパフェと割印

1

「年収一千万です。よかったら食事でもどうですか？」

望口《のぞみくち》デンタルクリニック内にどよめきが起こり、私はまたかとため息をついた。

「で、出たー！　中応凜花《ちゅうおうりんか》選手の前に、今年十七人目の挑戦者が現れたー！　しかも過去最高の年収をひっさげての登場だぁー！」

「先生実況しないでください！」

「この患者さん、不動産会社社長の次男坊でしょー？　顔は五十三点だけど、人によってはありなんじゃなーい？」

「市顔《いちがお》さんも失礼な解説しない！」

私は院長先生がマイク代わりにしていたスケーラーをひったくり、返す刀で受付からやってきたロリータ服の歯科助手をたしなめた。しかし時すでに遅く、待合室の患者さんたちは、大盛り上がりで診療室をのぞき込んでいる。

どうしてうちの医院はいつもこうなのか。私は二枚重ねにしたラテックスのグローブを外し、こめかみを揉《も》みほぐした。

「凜花選手、即答しなーいっ！　迷っているのかーっ？」

「仕事しない先生たちに呆れているんです！」

怒鳴りながら念入りに手を洗い、再びグローブをつける。

院長先生は、仕事よりもプロレスが大好きなアラフォーの女医。

市顔は、仕事場にコスプレまがいの格好でやってくる二十歳の小娘。

この小さな歯科医院でまともな人間は、歯科衛生士の私だけ。ふたりのペースに巻き込まれてはいけない。

「迷ってるっていうか、こじらせてるんだよねー。凜花ちゃんカレシいない歴十五年目に入って、とうとう『運命の人を待ってる』とか言い始めちゃったしー。ささめちゃんこわーい。中学だか高校だかでほんのちょっとだけつきあった男の思い出を、一生の宝物にしながら死んでいく三十路《みそじ》の女こわーい」

「勝手に殺さないで！」

「凜花選手、まさに崖《がけ》っぷちだーっ！　このまま人生からもリングアウトしてしまうのかーっ！」

「ここ私の人生でそんなに重要な局面っ⁉」

「そうですよ。だって僕、年収一千万ですし」

「あなたにプライドはないんですかっ！　……ああ」

勢いで患者さんにまで失礼な口をきいてしまった。私は再びグローブを外し、こめかみを揉みほぐす。歯科衛生士という仕事は好きだけれど、先生のノリにはいいかげん疲れた。早く恋人を作ってツッコミ役から解放されたい。

でもそう思い続けて早数年。おかげさまでやたらとお声はかかるけれど、患者さんと交際にいたったことはない。だって無理なものは無理だ。

私は入念に手を洗ってグローブをはめ直し、一千万氏に頭を下げる。

「ごめんなさい。C2の人とは食事をご一緒できません」

昼休みに入ると、金髪縦ロールを指でくるくるしながら市顔がやってきた。

「凛花ちゃん、一千万蹴《け》るとかマジありえなーい。それだけあれば、かわいいお洋服いっぱい買えるのにー」

歯科医院は医療業界の中で一番ゆるいと言われている。看護師のように厳格な服装規定がないから、バイトの歯科助手にはギャルっぽい子が少なくない。でもユニフォームにフリルをわんさかつけて、金髪のウィッグをかぶった歯科助手は、日本中探しても市顔くらいだろう。

「お金は関係ないの。昼休みだからって遊んでないで、衛生士の勉強しなさい」

市顔の経歴は少し変わっている。去年まではフランス語を学ぶ女子大生だったくせに、いきなり退学して歯科衛生士の専門に通い始めたのだ。おまけにバイト先にまで歯科医院を選ぶくらいだから、よほど衛生士になりたい事情があるのだろう。

そう思って理由を尋ねても、本人は「別に、なんとなく」とけだるい返答。

実際、市顔は歯科用語も覚えていないし、就業態度もこの有様。まるでいつもと違う帰り道を選ぶみたいに、「なんとなく」で進路を変えたとしか思えなかった。

「じゃあじゃあ、いきなり年収を切り出す下世話な性格がないわー的な？　五十三点の顔じゃ友だちに自慢できなーいとか？」

「違います。私は男の人の性格も容姿も年齢も見ていません。市顔さん、ひとりで留守番がさびしいのはわかるけど、勉強しないと落ちるわよ」

我が院の昼休みはローテーション制になっていて、本日は院長と私が外でランチを食べる番。歯科の昼休みは長いから、ひとりで過ごすのは結構退屈だったりする。

逆に言えば勉強ははかどるのだけれど、小娘はこっちの話を聞きゃあしない。

「えー？　それなら凜花ちゃん、男のどこ見てるのー？」

「口腔内《こうくうない》、よね？」

先生がふふっと笑い、カルテから顔を上げる。

「さっきの彼、下七番ってめんどいところに虫歯があったのよ」

「虫歯？ そんなの治せばよくない？」

「ささめちゃんも衛生士になったらわかるわよん。この仕事をしていると、歯がきれいな人じゃないと色々無理なの」

「えー？ でも凜花ちゃん、歯が汚れた患者さん好きって言ってなかった？」

言った。私は歯石がもりもり取れる患者さんが大好きだ。ステインで汚れている歯を見ると心が躍る。スケーリングで米粒が出てきたときなんかは、小さくガッツポーズが出るくらいだ。でもそれとこれとは話が違う。

「私は患者さんの口腔内をきれいにすることが好きなんであって、患者さん自体を愛してるわけじゃないの。むしろ虫歯の患者さんとか無理。絶対無理」

「ラーメン屋さんって二種類いるのよねぇ。毎日ラーメンを食べてひたすら味を追求するタイプと、毎日仕事で作ってるものなんて見たくもないって人と」

まさに先生が言った通り。どんなに素敵な男性でも、笑顔の奥に虫歯が見えた時点で私には患者さんとしか思えなくなる。この感覚は、患者さんの口腔内を見る機会が少ない歯科助手には理解しにくいだろう。

「あー。だから衛生士って、ドクターと結婚する子が多いんだー」

　そう。世間は玉《たま》の輿《こし》なんて揶揄《やゆ》するけれど、実際に彼女たちが見ているのはお金じゃなくて歯だ。私だってできればドクターと結婚したい。

　けれどこの通り、我らが望口デンタルクリニックの院長は女性で、私が卒業した頃は専門学校も百パーセント女子だった。全国にいる男性の衛生士は、昔の携帯電話に登録できる番号の上限よりも少ない。

　だから高一で失恋をして以来、私にはまったく出会いがない。幸か不幸か告白はされまくっているけれど、相手が患者さんである限り私の中ではノーカンだ。

「でもでもー、先生の旦那《だんな》さんって、ドクターじゃなくない？」

　そう言えばそうだ。市顔にしてはいい指摘だと感心する。

「そうね。うちのダーリンは普通の会社員よ。その代わり、朝晩膝に乗せて歯を磨いてあげてるわ」

　その光景を想像し、ちょっぴり頬《ほお》が熱くなった。そういうカップルがうらやましい気もするけれど、私に同じことはできそうもない。

「なんかめんどくさーい。ささめちゃん、衛生士目指すのやめよっかなー」

「それはダメ！　資格は絶対取りなさい！」

私は市顔を一喝し、理由を丁寧に説明した。

有名な話だけれど、全国にある歯科医院はコンビニの数より多い。そして法改正以降、歯科助手は患者さんの口腔内に触れることができない。患者さんからすると同じに見えるだろうけれど、歯科助手と衛生士はまったく異なる仕事をしている。ひとことで言えば、衛生士は食いっぱぐれがない。

そりゃあ歯科医に比べたら給料は雲泥の差があるけれど、都会であれば勤務時間も融通が利くし、出産後もパートタイムで働きやすい。この時代に女がひとりで生きていくために、これほど頼れる「手に職」はないのだ。

「これから高齢化社会に伴って、訪問口腔ケアの需要も増えるのよ。学校に通わないと取れない資格なんだから、後悔しないように先を見なさい」

「……ふーん」

市顔は私の話を聞き流した……わけではなさそうだけれど、表情に変化は見られなかった。かれこれ一年のつきあいになるけれど、妊娠した友だちに見せられた胎児のエコー写真くらい、この子のことはよくわからない。

「やっぱりー、凜花ちゃんはこじらせてるだけだって、ささめは思うなー」

私の頬がぴくりと痙攣《けいれん》した。

「ごめん市顔さん、よく聞こえなかった。あと先輩にちゃんづけするの、いいかげんやめてくれる？」

「聞こえてるじゃん」

市顔がいつものだるそうな表情で私の前に立つ。背は小さいくせにバカみたいに厚底の靴を履いているから、目線が上にくるのが腹立たしい。

「凜花ちゃんさー、カレシができないのを女ばかりの環境とか職業病のせいにしてるみたいだけど、自分が悪いってちっとも思わないわけー？」

「どういう意味よ」

「だってカレシがほしいなら、合コンでもなんでも行けばいいでしょー？　でも凜花ちゃんはそれをしない。中途半端にモテてるのがよくないよねー。『これだけ声をかけられるんだから焦る必要ない。待ってればいつかは理想の相手が現れる』とか思っちゃってるでしょー？」

「お、思ってるわよ。悪い？」

「でもー、凜花ちゃんがモテるのって、患者さんにだけだよね」

私はうっと胸を押さえてよろめいた。

「きっ、効いたー！　ロリータささめの一撃に、凜花選手が膝をつくーっ！」

「マスクで顔を半分隠してると、患者さんには衛生士がすっごい美人に見えるんだってー。その白い布に覆われた部分に、自分の理想を当てはめちゃう的な？　ところで凜花ちゃん、オフの日にナンパされたことあるー？　ないでしょー？　凜花ちゃんが院の中でモテてるのは、ミステリアスなマスク美人ってだけだよねー」

これ以上ない的確な指摘に、私は思わず咳《せ》き込んだ。

「おびただしい流血ーっ！　マスクド凜花に意識はあるのかーっ⁉」

あるけれど、なくなりかけていた。以前患者さんの前でマスクをはずした際、「えっ……」と露骨にがっかりされた記憶がよみがえってくる。あのときはショックで三日寝込んだ。以来、私は院内では絶対にマスクを外さない。

「本来は努力しなきゃいけない側なのにー、ちやほやされる環境に甘えてー、挙げ句のはてには、『虫歯のない運命の人を待ってる』なんて言い訳してさー。これをこじらせてると言わず、なんて言うのかなー？」

「マスクド凜花めった打ちー！　ひどいぞロリータささめ！　彼女はなぜここまで容赦ない攻撃ができるんだーっ！」

先生の実況に対し、市顔がぼそりとなにかを言った。しかし興奮状態にあった私にはまったく聞こえない。

「『運命の人』は絶対にいるから！　あと私を覆面レスラーにしないで！」

「あのね、凜花ちゃん。普通はみんな努力して人を好きになるわけー。好きになったら努力するのが恋愛なわけー。先生だってそうしたでしょー？」

「まあねえ。好きになったらしょうがないからねえ」

「ほらね？　凜花ちゃんももう三十なんだから、乙女ごっこ、やめよ？」

市顔が小馬鹿にするように小首をかしげ、口元だけで微笑んだ。

「それでも、『運命の人』は絶対にいるの！」

たかだか二十歳の小娘に論破され、私はむきになって同じ言葉を繰り返す。

「ねえ凜花ちゃん。その運命の人って、すでにいたりするのかしら？」

先生がメガネをくいっと上げ、実況モードを取りやめた。

「いませんよ。いたら足裏の角質取りで終わるような休日過ごしてません」

「凜花ちゃんのたとえって、いつもそこはかとなく庶民的ね……」

「庶民ですから。夢は子どもひとりと孫ふたりです」

「それはともかく、あたしは『いない歴十五年』ってのが引っかかるのよねえ。もしかしたら凜花ちゃん、昔のカレが忘れられないってことなーい？」

「あっ、あるわけないじゃないですか！　誰にでもいい顔をする顔がいいだけの男に未練なんて、1プラークもありません！　まあ……いまでも会ってるし、今晩も約束してますけど、単なる腐れ縁ですから……って、ふたりともどうしたんですか？」

なんで先生も市顔も、コンビニの冷蔵庫からジュース取ったら奥で品出ししていた寒そうな店員さんと目が合った、みたいな気まずい顔してるの？

「凜花ちゃん、超かわいそう……。グミあげるね」

「凜花ちゃん、お昼はうなぎをご馳走するわ……。元気出してね」

なぜふたりが急に優しくなったのか、私にはまるで見当もつかない。

2

七時過ぎに院を出て、望口商店街を急ぎ足で歩く。秋は夕暮れと言うけれど、たいていの人が仕事を終えると、すでにこんな風に真っ暗なのが十月だ。

では私たちはなにで秋を感じるべきだろう？　もちろん「食」に決まっている。

「おう、お疲れ凜花」

賑《にぎ》わう居酒屋ののれんをくぐると、座敷席で東《ひがし》 僚太《りようた》が片手を上げた。十五年前と変わらないさわやかな笑顔を見ると、いまだに少しドキリとする。

「お疲れ僚太。だいぶ待った？」

「いや、いまきたとこ。ビールだけふたり分頼んどいた。ほれ」

言ってメニューを見やすいように広げてくれたこの男が、私の十五年来の悪友であり、唯一交際をした相手になる。

「『かぴばら酒場』にきたら、やっぱ魚よね。というかサンマよね」

「だな。『焼き鳥専科　じょなさん』の白レバーに匹敵する」

私の地元は電車で二駅離れたところだけれど、僚太は望口に住んでいる。おかげで周辺の飲み屋さんは、十年かけてほとんど制覇していた。

私はサンマの塩焼きと殻つきの銀杏《ぎんなん》を頼み、僚太は握り数貫といわしの梅煮を頼んだ。すぐにやってきたビールグラスを、お互い顔の前に掲げる。

「なにに乾杯する？」

「俺と凜花の変わらぬ友情に」

「映画とかでそのセリフを言うと、必ず友情壊れるよね」

「友情が壊れて愛情が芽生える的な？」

「ないない」

「ないな。じゃ、『今日も一日お疲れさま』で」

突き出したグラスをかちんと合わせ、冷たいビールを一気にあおる。

「くっはぁ……ビールって、なんでこんなにおいしいの?」

「そりゃあ凛花がまじめに働いてるからだろ。千弥《ちや》なんて酷《ひど》いもんだぜ。二言目にはケッコンケッコンってさ。とにかく仕事辞めたくてしょうがないんだよ」

ビールがおいしい話だったのに、あっという間に僚太の愚痴が始まった。まあいつものことだから聞いてあげるけど、今日はやたらと早いなあと呆れる。

「もう結婚しちゃえばいいじゃない。いままで何十人とつきあったんだから、僚太もそろそろ年貢の納めどきでしょ」

「それにしたって相手は選ぶさ。千弥は金遣いも荒いし、なんか俺に夢見ちゃってんだよ。いまどき専業主婦になれるとでも思ってんのかね」

僚太の家は自営業で、小さな町工場を営んでいる。こう見えてかなりいい大学を出ているけれど、僚太は一流企業への就職より親の跡を継ぐことを選んだ。それが一番の親孝行だからと、毎日作業服を油まみれにして笑っている。

でも孝行息子が参加したところで、急に会社の規模が大きくなるわけもない。僚太が自分の稼ぎだけで、奥さんと子どもを養っていくのは難しいだろう。

「あいつ、自分のことばっかしゃべって、俺の話もあんま聞いてないんだよな」

それはおまえもだ、とは言わない。僚太が疲れているのは知っているから。

「女の子はみんなそんなもんだよ。前につきあってた、一回り近く若い子よりはマシなんじゃない？」

「似たようなもんさ。千弥はたぶん、俺がどんな仕事してるか言えないぜ。いいかげん別れようかな」

その言葉を聞くたびに、なぜそんなに簡単に諦められるのかと思う。自分が選んだ相手に対して、思い入れとかないんだろうか。

「彼女が仕事を辞めたいのは、ずっと僚太のそばにいたいってことじゃないの。あんた仕事と家事を理由にして、あんまりデートしてないでしょう？」

「鋭いな。つまり、凛花にも責任がある」

母親が家を出てしまったので、東家はずっと父子のふたり暮らしだ。親子でそれなりに家事を分担しているけれど、しょせんは男やもめとその息子。だからたまに家へ遊びにいくと、彼女でもないのについつい家事をやってしまう。

でも最近はご無沙汰しているから、僚太は遠回しに「家事をやりにきて」と言っているわけだ。普通の女の子なら「ふざけんな！」と怒るだろうけれど、私はもうそういう気にはならない。なにしろ十五年だから。

「はいはい、今度ね。というか、それこそ彼女にやってもらえばいいでしょ」

「千弥はなんもできないんだよ。家事もしない。仕事もしたくない」

「それは……えっとほら、あれだよ。結婚してからがんばるタイプとか」

「人間は、そんな急に変わんないって」

まあそうだよね。本当にフォローのしにくい彼女だ。

「そこいくと凜花は堅実だよな。高校生の頃から衛生士になるって自分の進路バッチリ決めて現実を見てる。俺みたいなやつのことを見捨てないで、ときどきメシまで作ってくれる。ほんと、結婚相手として理想的だよ」

確かに現実は見ているけれど、私だって夢くらい見る。そもそも幸せな家庭を築くという夢のために、早くから地に足をつけて手に職をつけたわけだし。

その職が逆に幸せを遠ざけるとは、思ってもみなかったけどね……。

「ほんとさ、凜花みたいないい女がひとりでいるってもったいないって。早く男を見つけてくれよ。俺はもちろん、親父もそう願ってるぞ」

「私だって四六時中願ってるよ」

「そんならいいかげん、虫歯があるくらい妥協しろって」

「みんな似たようなことを言うなあ」

私は苦笑いしつつ、熱燗《あつかん》を一本頼んだ。

今日の昼休みに先生とごはんを食べにいくと、ずばり『虫歯は言い訳なんじゃない？』とツッコまれた。先生は、私がいまだに僚太のことを忘れられないと思っているらしい。だから虫歯を理由にして男の人の誘いを断っている。虫歯を妥協してみればすぐにわかるわよと、先生はびゅうびゅうと人生の先輩風を吹かせた。

でも残念ながら、僚太はただの友だちだ。もしいまでも好きだったら、こんな風にないないづくしの彼女をフォローしたりしない。

私たちがつきあっていたのは十五年も前で、ふたりともが初々《うい うい》しい高校一年生だった。キスすらしていなかったから、友だちに戻るのも実に簡単。お互いに愛情をなくしているゆえに、男女の友情も成立するというわけ。

「仮に私が虫歯を妥協したとしても」

私はおちょこをくいと傾け、僚太の目を見つめた。

「絶対に長くは続かないよ。虫歯のある男は浮気するからね」

「だから、あれはそういうんじゃないって」

「別に僚太が言い訳する必要ないでしょ。私たち、とっくに別れてるんだから」

「……そうだな」

一瞬で中身が泥水に変わったかのような顔で、僚太がお酒をあおる。

本当に、言い訳なんてしてくれなくていい。仮に僚太が潔白だとしても、十五年も友だちとして過ごしたいまさら、どうなるものでもない。

それは僚太もわかっている。だからせり上がってきた感情を、お酒で飲み下すしかない。じゃないといまでも独り身の私が、みじめすぎるから。

「でもあれだね。僚太が結婚したら、さすがにこんな風には会えなくなるね」

優しい僚太に免じて、私は話題を変えてあげた。

「結婚なんてしないって」

「わかんないよ？　できちゃったらするしかないでしょ」

「まあそうだけどさ。でも俺は愛情より友情を取るよ。凜花と会うことだけは、妻になる相手に譲歩させる」

「たいへんありがたい申し出だけれど、私が先に結婚する可能性も忘れないで」

「それならそれで構わないさ。俺は凜花の未来の旦那よりも、凜花の幸せを望んでいるからな」

実に浮気男らしいセリフに、私は大笑いしてお酒をこぼした。

「ごめん嘘《うそ》ついた。俺、本当は結婚したいんだよ」

こぼしたお酒をおしぼりで拭《ふ》いてくれながら、僚太が小声でぼそりと言う。

「うん。千弥としたいってわけじゃないけどさ。なんとなく、な」

「……そうなの？」

「なんとなく、ね」

その気持ちは少しわかった。私たちは年収の数パーセントが、ご祝儀袋に包まれる年齢だから。最近は幸せな家庭を間近で見る機会も多い。

「とりあえず飲もう。いまはたぶん、それが一番の幸せだ」

そう言って、僚太はまだ八時台のうちに酔い潰《つぶ》れた。完全に泥酔していたのに自力で家に帰れたのは、仕事への責任感だと思う。

僚太のかっこいいところも情けないところも、私はたくさん見てきた。だから僚太には、きちんと幸せになってほしいと思う。

そんな僚太を安心させるためにも、私も早く運命の人に出会いたかった。

けれど、庶民的な幸せへの道は果てしなく遠い。遠すぎる。

「ああ、家族写真がまぶしい……」

帰宅してベッドでごろごろしながら、私はＳＮＳを眺めて落ち込んでいた。私もこんな風に芝生で子どもと寝そべりたい。スーツ姿の旦那さんを、さりげなく風景写真に見切れさせたい。いったいどうすれば、その幸せを手に入れられるの？

こういうときこそ友だちに相談すべきだろうけれど、ときどき甘いものを食べにいく高校時代の同級生たちは、どうにも仕事一筋のタイプばかりだ。

真夜《まよ》なんて特にそう。クリスマスに占いに行ったら、『変な男に貢ぐ前に、貯めたお金でマンション買いなさい』とか言われてたし。どうすれば運命の人に出会えるかなんて尋ねたら、こっちが聞きたいわよと笑われるだろう。

「でもたぶん、真夜は焦ったりしないんだよね」

彼女は昔から自分を貫いて生きている。仮に生涯独身だったとしても、それを後悔せずに笑い飛ばすはずだ。

私は真夜みたいにかっこよくはない。仕事は好きだしがんばっているけれど、それはあくまで平凡な幸せを手に入れるため。結婚資金もがっつり貯めたし、これでウェディングドレスを着ることなく生涯を終えたら、私は絶対に成仏《じょうぶつ》できない。

なのに私が占い師に言われたのは、『損切りできない性格だから、株には手を出さないほうがいいわね』だった。恋愛にまったく触れてもらえなかった私は、いよいよ未来が恐ろしい。

はあと、ため息で幸せを逃がしていると、スマホがぴこんと音を立てる。

『凜花久しぶり。望口においしいスイーツのお店があるんだけど』

メッセンジャーアプリの着信は、噂をすればの真夜だった。

『いつにする？』

『話が早いなあ』

『ちょっと、おひとりさまの同志に会いたい気分なのよね』

『ごめん。しばらく忙しいから、お店の場所だけ教えとこうと思って。いまだと季節限定のフルーツパフェがおすすめって、ウェイトレスの子が言ってたよ』

と、地図の画像が添付されてくる。

『真夜、相変わらず仕事忙しいの？』

『まあ忙しいけど、仕事だけじゃなくて』

『嫌な予感』

『凜花にご報告があるんだけど』

『聞きたくない』

だって女同士の『ご報告』と言えば、あれに決まっている。

『六年ぶりに』

『ごめんね』

『できました』

私は『ZZZ……』とクマが寝ているスタンプを送った。

『彼氏が』

『ちくしょー裏切り者！』

なんということだろう。よりにもよって、仕事と結婚すると思っていた女に先を越されるなんて。でもまあ……真夜は学生時代、結構モテてたしね。男運は最悪だったけど、私よりは全然前にいるよね……。

『すまないねえ。私もこうなるとは思ってなかったんだよ』

『おめでとう。相手は仕事関係？　今度はダメ男じゃない？』

『うん。元同僚で嫌みったらしいやつだけど、仕事はちゃんとしてる』

『働いてるカレなんて初めてじゃない？　きっかけは？』

『ハンコを作ったことかな』

ハンコ？　それって雑誌の広告とかにある、開運がどうとかってあのうさんくさいやつ？　真夜なんか変な方向にいってない？

これは詳しく聞いてみないとと文字を入力し始めたところ、別の人からぴこんとメッセージがきた。

『今日は言い過ぎました。すみません』

市顔だった。日頃は業務連絡くらいしかしてこないのに、いったいどういう風の吹き回しだろう？　ちょっと気になる。

私は真夜に『今度連絡する』と伝えてから、市顔のほうに『気にしてないよ』と返した。すぐに返信がくる。

『凛花ちゃんは、こじらせてるけどいい人だと思います』

毒舌は相変わらずだけど、文章だとあの間延びした口調がないので、ちょっと親しみやすい。まあ根は悪い子じゃないのだろう。

『ありがと。でもひとこと多いよ』

『じゃあ……凛花ちゃんは、こじらせてると思います』

『なんでいい人のほう削った！』

やっぱりいつもの市顔だった。まあ世代が十も違うんだから、そう簡単にわかり合えるわけがない。

『ところで、例の運命の人ですけど』

『なによ』

『ぐいぐいってみるといいと思います』

『ぐいぐい？』

『今度会ったらこっちからプロポーズするくらいの勢いで』

今度っていうか、まだ会ったことないんだけど。

『まずは、できあがってるふたりの距離感を、一度ぶっ壊さないといけないと思うんですよね』

初対面の人との距離感ってなに？　あ、極度に緊張するなってことかな。

『つまり、相手に遠慮するなってこと？』

『違います。一度関係をゼロに戻すんですよ。ピュアなあの頃に』

『変にハードルを上げないよう、心のリセットボタンを押せってこと？』

『リセットボタンってなんですか？』

『出た、平成生まれ』

ああ、ジェネレーションギャップ。世代が違うと言葉も通じない。この子とカラオケに行ったら、お互い知らない曲ばかりで気まずいだろうな……。

『凛花ちゃんだって、ほぼほぼ平成でしょ』

『まあそうだけど。なんか今日の市顔さんは優しいね』

いつもなら鬼の首を取ったように三十路呼ばわりするくせに。

『たいした努力もせず、結婚したいって言ってるだけの甘ったれ女なら』

『うん？』

『おまえがほしいのは、自分がさびしいときになぐさめてくれる都合のいい男だろうが』『スマホでソシャゲやってろ』『で、終わりですけど』

『辛辣《しんらつ》』

『凜花ちゃんの場合は、昭和の少女マンガっぽくって応援したくなります』

『なんだろう。バカにされている気がする』

『これでも尊敬してますよ。今日からですけど』

『遅い！　というか、今日なんか尊敬されることしたっけ？』

『凜花ちゃんは頼れるベテランだし、いい意味で小姑《こじゅうと》だし』

『それは前からでしょ。あとやっぱひとこと多い』

『ベテラン小姑』

『患部だけ残すな！』

『ささめちゃんは、まだ上手に削れる衛生士じゃありませんから。でわー』

ああ、なるほど。きちんと資格を取れって助言が響いたってことね。

悔しいけれど、存外に気の利いた返しに笑ってしまった。おかげで気持ちよく眠れそうだと布団《ふとん》に入る。

けれど電気を消して目を閉じると、市顔の言葉が妙に頭にちらついた。

「『ゼロに戻す』……か」

私にとってのゼロ、つまり原点は、歯科衛生士になる前だと思う。もしもあのとき衛生士になっていなければ、私もそれなりに恋愛していただろう。相手に虫歯があっても気にしないと思うし。

それと同じように、あのとき僚太に虫歯ができていなかったら、いまの私たちの関係も違っていたのかもしれない。まあ……考えても意味のないことだけど。

私は大きく息を吸い、僚太と同じくいまさらの感情をごくんとのみ込んだ。

3

運命の人うんぬん以前に、「出会い」ってそもそもからして偶然だと思う。

だったら色々あがいてもしょうがないよね。いつもの日々を過ごすのが一番だよね

と、私は今日も出勤していた。

わかってる。ここは虫歯のない人に出会う確率がもっとも低い職場だって。

でも逆に、先生の知り合いで虫歯のないドクターが、ふらりとやってくる可能性もなくはないわけで。

などとまさしく虫のいいことを考えつつユニフォームに着替えていると、

「そういえば今日、うちの恩人がくるのよねぇ」

なんて先生が言ったものだから、私はいつも以上に念入りに手を洗った。

その後は先生の恩人がくるまでにすべての患者さんを帰そうと、怒濤の勢いで仕事をこなす。今日は患者さんに声もかけられなかったので万事スムース。いい感じ。

「市顔さん、次の患者さんお願い」

ユニット、いわゆる診療椅子《いす》の準備を整えて、私は市顔に声をかけた。

するとロリータ小娘が珍しく困ったような顔を見せる。

「なんか、変なのがきてるんですけどー」

「変なのって？」

私と先生が声をそろえた。

「クリームみたいに真っ白でー、マシュマロみたいにふわふわです」

「あら。パップラドンカルメみたいね」

「なんですかそれ」

今度は私と市顔がハモった。

「……これがジェネレーションギャップね」

先生がずんと落ち込んだ。パップラなんとかはわからないけれど、言葉が通じない悲しみはよくわかる。

「……ま、そのささめちゃんのたとえだと、アリクイさんがいらしたんでしょ。全然問題ないから入ってもらって」

やがて市顔に案内されて、『アリクイさん』が入ってくる。珍名の患者さんは、私と先生の前で丁寧に頭を下げた。

「こんにちは、今日はよろしくお願いします」

私の彼に対する第一印象は、「抱きしめたい」だった。いよいよもって肉食系に転向したわけじゃなくて、彼がぬいぐるみみたいだったから。

ぬいぐるみと言っても巨漢の男性をたとえた比喩《ひゆ》じゃない。彼には実際に白くてふわふわした毛が生えている。胸の辺りは薄茶色のエプロンをしているみたいな模様だけれど、とにかく全身もっこもこ。つぶらな瞳《ひとみ》もくるみボタンをはめたみたいで、顔つきも柔和で愛らしい。

とはいえ、そんな存在が歩いてしゃべってぺこりと頭を下げたのだから、私の驚きようは尋常でなかった。

「なっ……なななな……」

「お久しぶりですアリクイさん。いつも主人がお世話になっております」

絶句する私をよそに、先生がにこやかに挨拶《あいさつ》を返す。

「いえ、ぼくのほうがお世話になりっぱなしです。今日だってこんなご迷惑をおかけして」

「とんでもありません。主人のほうが無理に頼み込んだとうかがっていますわ。あの人はアリクイさんのファンなので、いつまでも健康でいてほしいんですよ」

プロレスバカの先生が、よそいきのしゃべりで貞淑な妻を演じている。このぬいぐるみ、そんなに偉い人なの？　というかなんでしゃべるの？

「彼女が今日アリクイさんを担当する、中応凛花さんです。院長よりもしっかりしているので、『影の院長』と呼ばれています。あたしから」

「ちょっ、先生？　いま私が担当って言いました？」

「こんにちは、中応さん。アリクイと申します。望口商店街と見晴《みはらし》用水が交差する辺りで、インショウ店を営んでおります」

白いぬいぐるみは再び丁寧に頭を下げ、つぶらな瞳で私を見上げた。

「ど、どうも。衛生士の中応です」

思わず返してしまったけれど、経営者？　このぬいぐるみが？

「ほらほら凜花ちゃん。うちの恩人をきちんとご案内して」

私はグローブを外してこめかみを揉んだ。アリクイさんは『インショウ店』を営んでいると言ったけど、歯科でインショウと言えば印象材だ。すなわち歯型を採取するときに衛生士が練るシリコンだ。ということは取り引き先？　だとしたら、たとえ相手がぬいぐるみでも失礼のないようにしないと。

「それではアリクイさん、こちらに座っていただけますか」

市顔が「凜花ちゃん、プロだ」と尊敬の眼差《まなざ》しをよこす。プロだともさ。それはいいとして、なんで先生まで「助かったわ～」って顔をしているの？

「はい。よいしょ……しょ」

ぬいぐるみのアリクイさんが、短い手足を駆使してユニットによじ登った。その必死な仕草に、思わず胸がときめく。こんなかわいい患者さんは初めてだ。

「では、倒しますね」

私に見守られながら、アリクイさんが仰向けで傾いていく。なんだろう、この「へそ天」の犬を見るような気持ちは。患者さんなのにすごくモフりたい。

「ええと、エプロンをつけさせていただきます」

アリクイさんの首と思しき部分にエプロンを巻くと、ふんわりした毛がグローブ越しの手に触れた。この触感……ぬいぐるみっていうより動物？

「あの、先生」

アリクイさんに聞こえないよう、小声で尋ねる。

「もしかしてアリクイさんって、動物ですか？」

「そうね。哺《ほ》乳綱異《にゅうこうい》節上目《せつじょうもく》の有毛目、オオアリクイ科コアリクイ属のミナミコアリクイよ。キタコアリクイじゃないほうね」

キタかミナミかは判別できないけれど、とりあえずは動物らしい。ぬいぐるみがしゃべるよりはまだ理解できる……わけがないけれど、問題はそこじゃない。

「でしたら、獣医さんに診《み》てもらったほうがいいんじゃないでしょうか」

「アリクイさんはちょっと特別なのよ。というかほぼ人間なのよ。なにしろアリを食べないで、スイーツばっかり食べてるから。ですよね？」

院長の問いかけに、アリクイさんが「ええ」と穏やかにうなずいた。

「ま、同じ哺乳類だし、とりあえずＰ処してみましょうか。大丈夫。凛花ちゃんならできるわ！」

先生の口調は、明らかに面倒を人に押しつけるときのそれだった。わかってる。私には始めから選択肢なんてないって。

私はこわごわアリクイさんを観察した。その顔はキツネのように細面で、お腹はタヌキのように膨らんでいる。それでいて、全体的にはシロクマっぽい。

「キツネか、タヌキか、はたまたシロクマか……」

「いえ、アリクイです」

またも穏やかな男性の声が、目の前のふわふわした生き物から返ってくる。

「し、失礼しました。それでは歯周病予防措置を講じますので、お口あーんしてください」

こうなったらやけだ。影の院長の意地を見せてやる。

「……あれ？　アリクイさん、お口を開けてもらえませんか」

なぜかアリクイさんは微動だにしない。

「はへへまふ」

よく見れば、ほんのちょっとだけ、くちばしのような口が開いていた。どうもミナミコアリクイは、それほど口が開かない生き物らしい。

これはなかなか厳しいけれど、人間だって顎関節症《がくかんせつしょう》で口を大きく開けられない患者さんもいる。ベテラン小姑はこれしきのことで諦めない。誰が小姑よ。

私はふんと力を込めて、おちょぼ口の中にデンタルミラーを押し込んだ。

が、口腔内をのぞき込んですぐ、ベテランどころかまるで新人のように、動揺した叫びを上げてしまう。

「せせせ、先生っ！」

「なあに凜花ちゃん」

「患者さんに、歯が一本もありません！」

アリクイさんの口腔内は、まるで義歯を外した老人のようなピンク一色だった。

「まあアリクイだからねえ」

「だからねえって……。じゃあ、私はなにをすればいいんですか」

「それを考えるのが凜花ちゃんの、う・な・ぎ」

たぶん『し・ご・と』と言いたいんだろう。昨日おごってもらったランチは、この難関ミッション込みのものだったらしい。タヌキはここにいた。

やるせなさを感じつつ、私はグローブを外してこめかみを揉みほぐす。

でも考えてもしかたがない。再びデンタルミラーに目をこらした。

「あ、すごい。アリクイさん、口の中すごくきれいですね」

そして面白い。人間であれば歯肉に該当する部分が角質化し、突起のようになっている。おそらくはこれが歯の代わりをしているのだろう。

「ほうれふか？」

「ええ。なにか特別なケアでもされてるんですか？」

「いんひょろふらはれほうふるふるほふはっへひふひひ」

「ふんふん」

「ほうふるひはひはひはをふっへふ。ふへっふ」

「なるほど」

この仕事をしていると、口を開けたまましゃべる患者さんがなにを言っているかだいたいわかる。アリクイさんは液体ハミガキとフロスを利用しているそうだ。人間も見習ってほしい。

「本当に素晴らしいです。歯肉も引き締まってつやがあって理想的……」

私は思わずうっとりしていた。ここまで口腔内が美しい患者さんにはなかなか会えない。というより巡り合ったことがほぼ奇跡だ……奇跡？

まさか、これって運命の出会い？

いやいや。いやいやいや。正気になって私。確かに虫歯がなければ年収もルックスも関係ないとは思っているけれど、相手は人間じゃないよ。恋人以前の問題だよ。

「はほ、ふーほーはん」

ぼーっとしていた私を、アリクイさんがもごもごと呼んだ。

「す、すみません。いまから歯周ポケット的なものをチェックしますね。ちょっとチクッとしますので、痛かったら左手を挙げてください」

錯乱した自分を頭から追い払い、アリクイさんの口内に探針を当てていく。

しかし診療しながらも、私は頭の中で運命について考えていた。同時に両目はアリクイさんに奪われていた。

ふわふわの毛にもう一度触れたいな。黒い瞳が潤んできれいだな。なんか左手だけぱたぱた振っててかわいい。うふふ。

「はい。それじゃ起こしますので、お口ゆすいでくださいね」

名残惜しくも、一通りのチェックが終わってしまった。アリクイさんはなぜかぐったりした様子で、紙コップに口を突っ込んでいる。

「凜花ちゃん、アリクイさんの口腔内どうだった？」

「パーフェクトですね。問題なくおつきあいできます」

先生と市顔、ついでに待合室の患者さんたちが「えっ」と一斉に私を見た。

「あ、いえ、その……衛生士として長くおつきあいしたい患者さんだなと。やることほとんどありませんから」

「ならよかった。これでダンナもほっとするわね。それじゃあアリクイさん、今日はお疲れさまでした」

「はい。先生、中応さん、今日はどうもありがとうございました」

アリクイさんはぺこりと頭を下げて去っていった。『よかったらお食事でもいかがですか？　いい蟻塚《ありづか》を知っているんです』なんてお誘いもなく。

「凛花ちゃん、どうしたの？　なんかものすごく残念そうな顔ね」

そんなことないと答えたけれど、後悔に似た感覚は私の中にあった。

4

「凛花ちゃんが、なにか企《たくら》んでいる」

横を歩く市顔が、金髪のウィッグをくるくるしながらいぶかしげに私を見る。

「昨日の夜、応援の気持ちを受け取ったからね。そのお返しよ」

私たちは、昨晩真夜が教えてくれたスイーツのお店へ向かっている途中だった。

私が初めて市顔を誘った理由の半分は、いま言った通り。

残りの半分は、もうちょっと市顔のことを理解してみたいと思ったから。

市顔の毒舌は、なかなか鋭いところをついてくる。というか、私が言われたくないことばかりビシビシ指摘してくる。

でもそれって裏を返せば、私をよく観察しているということなわけで。

世代が違うからわかり合えないと決めつけていたけれど、世代が違うからこそわかることもあるのかもしれない。共感できない価値観を理解するのは、恋愛においてもたぶん大事なことだ。

そう考えて、私なりの婚活の一環として市顔を誘ってみたけれど、ロリータ服の女の子と並んで歩くのは気恥ずかしいし、普通は飲んだ後のシメにするパフェを真っ先に食べたいという二十代に、早くも文化の違いを感じさせられていた。まあアラフォーの先生に言わせれば、シメパフェもありえないらしいけれど。

「凜花ちゃんはさー、ささめちゃんのことあんまり好きじゃないけど、恋愛アドバイザーとして有用だから手なずけようと思ってるんでしょー？」

「認めます。悔しいけれど、私より市顔さんのほうが恋愛経験豊富みたいだしね」

「すんごい皮肉……」

「えっ？」

皮肉と聞こえたような気がするけれど、私の聞き間違い？

「……すんごい入り組んだ道だけど、こっちで合ってるのー？」

はいはいと真夜が送ってくれた地図を見る。商店街は横道が多いけれど、それほど入り組んでいるわけでもない。実際、直進しているとすぐに目的地に着いた。

こじんまりしたレンガ造りの建物。その緑色のひさしにはこう書かれている。

有久井印房

「名前の読み方はわからないけど、ここっぽいね」

「イラストちょーかわいい」

建物の前には小さなテーブルが置かれていて、手書き文字の黒板メニューが立てかけられていた。それによると本日の手作りケーキは「モカロール」らしい。しかし残念ながら売り切れてしまったようで、目を不等号にしたウサギのイラストが、「ごめんね」と謝っている。

「こういうの書ける店員さんがいる店って、当たりが多いよね」

隣の市顔に同意を求めると、なぜか反応は正面から返ってきた。

「ですねー。ちなみに当店は、『ありくいいんぼう』と読みます」

見れば有久井印房のドアを開けて、女の子がひょこりと顔を出している。ウェイトレスと思しき彼女の髪の横には、まるで犬みたいな「耳」がふわりと垂れていた。

「いらっしゃいませ。本日はお食事ですか？　ご印鑑ですか？」

「えっ、いや、えっ？」

矢継ぎ早におかしな情報を受け取って、私は困惑する。なんで耳つけてるの？　食事と印鑑の二択ってなに？　『ありくいいんぼう』ってまさか……？

「ねえねえ、季節限定のフルーツパフェってある？　桃入ってる？」

うろたえる私の代わりに、市顔が尋ねた。

「ありますよー。桃が入っているというより、『もももも』って感じですね」

「すてき！　じゃ、二名さまご案内でー」

「はーい。それじゃテーブルのお席へどうぞー」

「その尻尾《しっぽ》かわいー。ウサギ？」

「ですよー。ホーランドロップです」

近い年頃のシンパシーか、市顔とウェイトレスの女の子が、旧知の間柄のように店へ入っていく。呆気《あっけ》にとられてしまった私は、きっともう若くないのだろう。悲哀を感じつつ、ウサギの尻尾に導かれて店の中を歩く。

店内にはいくつかのテーブル席とカウンターがあった。最初に目に留まったのはカウンターに置かれた花瓶。コスモスがきちんと上を向いていて、シックな色合いの店内でよいアクセントになっている。

次におっと思ったのはカウンターの椅子で、座面が丸かったり四角かったりばらばらなのに、高さは同じくらいなのが面白い。その下の床はそれなりに使い込まれた風合いだけれど、古い鏡のようにうっすらと椅子の脚を映している。

私が飲食店に入ってチェックするのは、主にお店のメンテナンス具合。まあこんな性格だから『ベテラン小姑』って言われちゃうんだろうけど、料理の味って意外とこういうところに出るし。

そういう意味で有久井印房は、どこにでもあるような、それでいて探してみるとなかなかない、きちんと磨き上げたレトロな喫茶店だった。職場からも歩けるし、これで食事がおいしかったらぜひひとも通いたい。

「中応さん、どうも。今朝はお世話になりました」

私は驚いて振り返る。声の主はカウンターの中にいた。

「あっ、アリクイさん、なんでここにっ？」

「なんでと言われると……ええと、もともとぼくは彫刻師を目指していて、あるとき先代の彫ったハンコに出会い――」

「解説代わります。有久井印房はハンコ屋さんで、なんやかんやで喫茶店です。店長はここの店長です」

ウェイトレスの子が割って入ってくる。その解説はかなり雑だったけれど、私はもろもろ腑《ふ》に落ちた。アリクイさんが言っていた『インショウ』は、印象材ではなく印章、つまりはハンコのことらしい。店の前での二択にも納得だ。

けれど私がびっくりしたのは、アリクイさんが有久井印房の店長だったということだけじゃない。一番驚いたのは名前を呼ばれたことだ。

「アリクイさん、よく私だってわかりましたね……？」

だって仕事上がりのいまは素顔だ。いやすっぴんではないけれど、普段『マスク美人』と称される私は、マスクを外した院外で患者さんに気づかれたことがない。

「……？　今日の午前中に会ったばかりですが……」

「そ、そうですよね。なんかすみません。あはは」

私は嬉《うれ》しさと恥ずかしさをごまかすように、勝手にカウンター席の椅子を引いて座ってしまった。

「宇佐《うさ》ちゃん、中応さんは今日の午前中にぼくを診てくれた、望口デンタルクリニックの衛生士さんだよ。お隣は歯科助手さんの……」

「ささめちゃんでーす。ささめちゃんのオーダーは、『季節限定フルーツパフェ』とロイヤルミルクティーで」

相変わらずの態度で隣に座った市顔が恥ずかしい。

「衛生士さんと歯科助手さんですか。ふむ」

宇佐ちゃんと呼ばれたウェイトレスの子が、なぜか私を見てニヤリと笑う。なんだろう？　市顔はともかく、私に変な言動はなかったと思うけど。

様子をうかがうべく正面を見ると、いきなりつぶらな瞳と目が合った。

「中応さん、どうかしましたか？」

真正面にあるアリクイさんの顔が、きょとんと首をかしげている。

「なっ、なんでもないですっ。私も季節のパフェお願いしますっ」

慌てて顔を伏せて注文する。なんで私、こんなにドキドキしてるの？

「はい。少々お待ちください」

その見た目に合わないダンディな声を聞き、また心臓の鼓動が速くなる。

「凜花ちゃん、マジ？」

市顔が眉根《まゆね》を寄せて私を見た。まるで旅先のお土産屋さんで真っ先にペナントを手に取った人を見るような、「ありえない」と言わんばかりの顔で。

「マジって、なにが？」

「だって、人じゃないよ」

「アリクイさんのこと？　それがどうかしたの？」

市顔はレースのついた手袋を外し、眉間《みけん》に皺《しわ》を寄せてこめかみを揉み始めた。なんか怖い。そういうの、人前でやらないほうがいいと思う。

「どうかしてるのは凜花ちゃんでしょー。そりゃあささめちゃんはね、永遠の乙女だからね、正直ありえないと思いつつも、自分のキャラ的にはアリクイさんの存在を肯定したほうがいいから、その存在を認めることにしたよ？」

「すごく打算的かつ、上から目線ね……」

「でもね、普通はこんなに落ち着いていられないわけ。だってアリクイだよ？　ネットで調べたら、『主人がオオアリクイに殺されて』とか、『地上最強生物説』とかが出てくる、あのアリクイだよ？　超怖いじゃん。しかもしゃべるんだよ？　声とかさりげにイケボだけど、見た目ふわっふわなんだよ？」

「ふふ。かわいいよね」

「かわいいけれど！」

市顔がカウンターをドンとたたいた。いつものアンニュイキャラはどこへ？

「凜花ちゃんの場合は、かわいい以上の感情を持ってるでしょ。いまささめちゃんと話している間もアリクイさんを目で追ってるし、目が合うと真っ赤になるし」

「市顔さん、よく聞いて」

「なに？　まだ話の途中なんだけど」

「実は私も……自覚しちゃった。恋の」

十五年ぶりではあるけれど、このときめきは覚えている。

「凜花ちゃん、落ち着こ？　やけになるのはまだ早いよ」

市顔がまたこめかみを揉み始めた。

「やけになってるんじゃなくて……感じちゃった。運命」

「その夢見る乙女っぽいしゃべりかたやめて！　ベテラン小姑に戻って！」

「あのね、市顔さん。アリクイさんには虫歯がないの。それにね、アリクイさんは素顔の私を見ても、がっかりしなかったんだよ」

　いまの私には、あのしゅりんと丸まった爪の先に、運命の赤い糸が見えている。

「……ああ、そういうこと。凜花ちゃん、無意識で前に進もうとしてるんだ」

「前に進む？」

「うん。それならそれで、いいんじゃないかな。『忘れるための恋』……か。昭和から平成初期っぽくなったね」

「市顔さん、さっきからなにぶつぶつ言ってるの？」

「お客さんの中にうちの患者さん結構いるのに、みんな全然凜花ちゃんに気づかないなー。さすがマスクびじーん、って」

「ほっといて！」

　しかし事実は事実なので、私は軽く落ち込んだ。患者さん三人もいるし……。

「お待たせしました。こちら秋季限定のフルーツパフェになります」

　そんなタイミングで、カウンターにふぁさっとした手が伸びてくる。アリクイさんが並べたパフェを見て、私と市顔は「おお！」と顔を輝かせた。

　細身のすずらんみたいなかわいいガラスの器。その中身はスポンジケーキに生クリーム、それからピンクがかったジャムが何層にも折り重なっている。

　しかし刮目《かつもく》すべきはその頂上だった。一口サイズに切られた白い桃が、まるでジェンガのように絶妙なバランスで積み重なっている。おそらく桃をまるまる一個は使っているだろう。まさに『ももも』といった景観だった。

「瑞々《みずみず》しい……。これはもはや甘くておいしい水……」

早速桃を頬張った市顔が、フォークをくわえて恍惚《こうこつ》としている。

確かに人前でなければ舐めてみたい衝動に駆られるほど、桃は表面にしっとりと水滴をまとわせていた。我慢できずに私もフォークを握る。

「んもっ……」

柔らかすぎず固すぎない、ほどよい弾力の桃。そこに歯を立てると予想外の水分があふれ出た。フルーティな瑞々しさをこぼすまいと、思わずあごがしゃくれる。

「……確かに。この桃飲める……むしろ酔える……」

果肉を砕くたびに、口腔内を甘露が満たした。喉を落ちる水蜜《すいみつ》が、意識を天上へと飛ばした。私たちはふたりとも、半目でうっとり天井を拝んでいた。

それにしてもこの桃、尋常じゃないくらいおいしい。もしかして超がつく高級品かと、それとなくメニューを確認してまたびっくり。

「安っ！」

まさかの八百八十円。前に某パーラーで桃パフェを頼んだときは、ケーキバイキングに行けるくらいのお値段だったのに。

「もともと、うちではフルーツパフェをお出ししていないんです」

アリクイさんが大きな桃を両手で抱え、私たちに見せてくれた。

「ご縁のある農家さんが、川沙希《かわさき》の桃を広めてほしいと言って、高級種を安く譲ってくださるんです。ですから秋季限定のフルーツパフェではなく、フルーツパフェ自体がこの時期だけのメニューなんですよ」

私はふむふむと相づちを打ちつつ、頭の中では別のことを考えていた。

声からすると、アリクイさんは中年の男性に思える。たとえば四十歳くらいだとすると、私とは十歳の差。そのくらいならまあ許容範囲だ。結婚してるのかな？　指輪はしてないみたいだけれど、飲食店だと外す人もいるしなんとも言えない。

「桃の旬は一般的に夏と言われていますが、実は品種によって異なります。秋のものは甘みと酸味のバランスがよく、チーズや生クリームと相性抜群です。その代わり煮ると味がぼやけるので、下のほうのアプリコットは別の桃を使っているんですよ」

素敵な声……。やっぱり奥さんいるのかなあ。実は一緒に働いてるとか。

「凛花ちゃん、これ掘るのすごい楽しい。二度目の生クリームかと思ったら、チーズの層だよ。桃モツァレラだよ。もももももモツァレラだよ」

ほかの従業員はと店内を見回すと、カウンター席の隅にカピバラがいた。その存在に驚くより早く、私は左手の指に光っていたリングを見留める。

「あの、アリクイさんって、ご結婚されてるんですか？　もしかしてあそこにいるカピバラが奥さまですか？」

私が疑問を口にした途端、店の中が静まりかえった。バカ話をしていた金髪と赤髪の少年や、クリームソーダを飲んでいる女の子、それからピザトーストを食べていた偏屈そうな老人といったお客さんたちが、一斉に私を見る。

「えっ、あれっ……？」

なんかまずいことを言ったかとうろたえていると、間を置いて爆笑が起こった。お客さんたちはもちろん、ウェイトレスの宇佐さんまで、カウンターをたたいてひいひい笑っている。

「かぴおくんはああ見えてハードボイルドニヒリストなんですよー。女の子呼ばわりなんてしちゃうと、ものすごく怒ると思います」

「すっ、すみません。私は動物の雌雄判定ができなくて……」

というかみんなはできるの？　実はアリクイさんが雌の可能性もあるの？

「大丈夫ですよー。怒るのは中応さんにじゃありませんから。ほら」

　宇佐さんが指さしたほうを見ると、奥のテーブル席にハトがいた。ハトは一心不乱にタイプライターをつついて、店内に大量の紙をまき散らしている。

　その一枚をカピバラのかぴおくんが拾った。すると薄茶色の毛がさっと逆立ち、小さな体がふわりと跳躍する。

　同時にハトもテーブルの上で片足立ちになり、両の翼を大きく広げた。

「たぶんあの紙には、『あのニヒルを気取ったネズミ野郎が有久井氏の細君《さいくん》！　吾輩《わがはい》大爆笑である。今日からかぴおちゃんと呼んでやろう』とか書かれているんだと思います。あのふたり、ハトカピの仲ですから」

　それっていいの悪いのと戸惑っていると、

「なんで！」

　店の真ん中で、アリクイさんが短い右手を横に突き出した。

「きみたちは！」

　続いてふわっと左手。

「いっつもいっつもケンカばっかりするの！」

　最後にどーんと効果音……はしなかったけれど、両手を広げて仁王立ちしたアリクイさんは怒っているようだった。そう言えば、『動物は怒ると立ち上がって体を大きく見せたりする』って、動物マニアの真夜が言ってた気がする。

でも私に言わせれば、アリクイさんのポーズは威嚇というより、「さあ、存分にモフりたまえ！」と、誘っているようにしか思えなかった。鎮まれ私の右腕。

「凜花ちゃん、顔すんごいゆるんでる」

「市顔さんだって、ちょっとぶりっこみたいなポーズしてたでしょ」

「『ぶりっこ』ってなに？　魚卵？」

また世代の壁かとこめかみを揉んでいると、アリクイさんが申し訳なさそうにやってきた。

「すみません中応さん。ドタバタとうるさい店で」

「いえいえ。うちにもドタバタとうるさい院長と歯科助手がいるので、アリクイさんのお気持ちよくわかります。私もあの威嚇ポーズをやってみたいので、よかったら今度教えてくださいね」

自分で言うのもなんだけれど、これ百点の答えじゃない？　アリクイさんのフォローもしたし、市顔に言われたようにぐいぐいいったし。

まあそれとは関係なく、このお店にはまたきたいと本当に思う。仮にアリクイさんが運命の人でなかったとしても、桃のパフェはあと十回は食べておきたい。だって季節限定だし。最近の私は、限定とかタイムサービスという言葉に弱い。

けれど私のささやかな庶民的願いは、ドアベルの音で打ち砕かれた。

「あれ、凜花か？」

5

入ってきた客は僚太だった。隣に女性をひとり連れている。

彼女の歯はきれい、というよりきれいすぎだった。まめに歯科でクリーニングしているのだと思う。当然服装にもお金がかかっていて、バッグにはかなりエグいブランドのロゴが見えた。間違いなく、噂の彼女だろう。

「り、僚太じゃない。久しぶり、元気？」

「なに言ってんだよ。昨日ふたりで飲んだだろ。ボケたのか？」

ボケてるのはおまえだと言いたかった。人がせっかく気を利かせたのに。

「初めまして凜花さん。あなたのお話は、僚太から毎日のようにうかがっています」

女性がかすかに頭を下げた。作り笑顔の目は全然笑っていない。

「も、もしかして、僚太の彼女さんですか？」

自分でも白々しいと思いつつ、段取りのように尋ねる。けれど彼女から返ってきた言葉は、思いも寄らないものだった。

「申し遅れました。あたし、僚太の婚約者の三元《さんげん》千弥と申します」

思わずのけぞりかけたけれど、なんとか笑顔をキープする。そのまま視線を動かして、『ちょっと、婚約ってどういうこと？』と僚太を問い詰めた。

僚太はすねたように私から顔をそらし、そのままアリクイさんのほうを向く。

「アリクイさん、こいつにハンコ作ってほしいんですけど」

「わあ。僚太さん、もしかしてご結婚ですか？」

アリクイさんの代わりに、ウェイトレスの宇佐さんが目を輝かせる。

「うん。昨日妊娠がわかって、忙しくなる前に色々準備したいって、こいつが」

私は「うっ」とうめいていた。

千弥さんは勝利の笑みを浮かべていた。

アリクイさんは「おめでとうございます」と言いながら、なぜか首をかしげていた。

そしてまったくの部外者である市顔が、ぼそりとつぶやいた。

「考えられる、最悪の結末……」

「ちょっと、なんてこと言うの！」

私は市顔のフリルを引いてたしなめる。幸いつぶやきは聞こえなかったようで、僚太と千弥さんはふたつ間を置いて、私たちの隣に座った。

「市顔さん、帰るわよ。あなた勘がいいから、なんとなく状況わかるでしょ？」

金髪の耳元でささやく。

「わかるけどー、さためちゃんまだパフェ食べてるしー」

確かに市顔の器にも、私のにも、まだまだおいしい桃が埋まっている。

さっきの口ぶりからすると、僚太はこの店の常連だろう。アリクイさんに驚いた様子もないので、千弥さんも初めてじゃないはずだ。となると、この店はふたりのデートコースである可能性が高い。

それすなわち、私はもう有久井印房にくることができないことを意味する。僚太は鈍感だから気にしないだろうけれど、私は気まずいなんてもんじゃない。

「それに、凜花ちゃんは堂々としているべき」

「なんでよ」

「元カノは今カノに、男以外、譲る必要ないから」

そう法律で決まっていると言わんばかりの顔で、市顔はパフェ掘りを再開した。

千弥さんを嫌な気持ちにさせるのは本意じゃない。とはいえ私だってパフェは食べたい。それになにより、『運命の人』かもしれないアリクイさんと過ごす時間を失いたくない。せめて今日だけ。いやもう二、三日。

よしと開き直ることにして、私もパフェを食べ進めた。彼氏いない歴十五年の女が新婚さんのそばで食べても、『ももも』はおいしい。すぐ隣で元カレが今カノとハンコの打ち合わせをしていても、ひとさじすくえば幸せになれる。

「女性ですと、お名前のみで彫られる方が多いですね。千弥さんですと、こういった形になります」

「じゃ、それで。あと、子どもの名前が入ったスタンプってできますか？　服とか紙おむつに名前を押す用の」

「ごほっ……げほっ……」

千弥さんの生々しい注文を聞き、思わず咳き込んだ。

「できますが……男の子用の『しんかんせんセット』と、女の子用の『おはなばたけセット』があるので、お生まれになってからのほうがよろしいかと」

「どっちでもいいんで、両方お願いします」

なんだかすごい人だなと思う。僚太はそんなに貯金もないはずだけれど、こんな浪費家の奥さんを養っていけるんだろうか。

「なーんか、足場固めって感じー」

私の背中をさすってくれながら、市顔が冷ややかな声で言った。

「足場ってなによ」

「だって凜花ちゃんさー、妊娠がわかって結婚するってなったとき、最初にハンコ作ろうって思う？」

どうなんだろう。私だったらとりあえず、その手の雑誌を読むと思うけど。

「ネットで調べたり分厚い雑誌を読めば、『プロポーズされてからすること』が順番に書いてあるけどー。でもハンコ作りなんて出てくるの一番最後だし、子どものスタンプなんて保育園用だから、もっとずっとずっと先のことだしー」

言われてみれば……そうかも。

「つまりあの女はー、ハンコが必要なわけじゃなくって、自分たちが結婚するってことを知り合いに周知しにきただけ。ささめちゃんはそう思うなー」

「周知って……なんのためにそんなことするのよ」

「たとえばー、妊娠がウソだとか」

「えっ？」

「あの女は妊娠なんてしてないけど、後々それがバレてもリョータに逃げられないように、いまのうちから結婚を既成事実にしちゃう作戦とかねー」

なにを根拠にと言いかけたところで、不穏な会話が聞こえてきた。

「あの、失礼ですが、ご妊娠は病院で確認されたのでしょうか？」

「ま、まだですけど」

アリクイさんの質問に、千弥さんが少したじろぐ。

「おめでたいことに水を差すつもりはないんですが、ハンコというものは、それが必要になったときに作るものです。その後に押された印鑑を見るたびに、あそこが人生の節目だったと、自分を鑑《かんが》みる意味もあるものなんです。ですから、きちんと病院へ行ってからでも遅くはないかと……」

アリクイさんが申し訳なさそうに、カウンターの隅を爪でこりこり削っている。

一方の千弥さんは、露骨に不機嫌を顔に出した。

「……もういいわ。僚太が好きだからって、こんな店にきたのが間違いだった。アリクイさんはあたしが妊娠してないと思っているんでしょう？　でも、これを見てもそう言えるかしら」

ブランドもののバッグから、ハンカチでくるまれたなにかが出てくる。

「僚太にも見せたけど、わかる？　ここに線が入ってるでしょう？　陽性よ。ああ恥ずかしい。人前で妊娠検査薬を見せるはめになるなんて。これってなにハラ？　わからないからアリハラで訴えるわ」

千弥さんが勝ち誇った笑みを浮かべる中、誰もが言葉を失っていた。それは事実を知った驚愕ではなく、市顔のつぶやきがよく表していると思う。

「ドン引きなんだけど……」

どれだけ屈辱的な目に遭っても、私だったらこんなことはしない。黙って店を出ればいいだけだ。妊娠検査薬を笑顔で掲げるなんて、まるで見せびらかす機会をうかがっていたように思えてしまう。

たぶん、私以外も似たようなことを考えていたのだろう。その場の誰もが千弥さんを懐疑的な目で見始めた。

そこへ、カチャ、ターンと、キーボードをたたく音が響く。

「愛は金で買えない。けれど愛を縛る鎖だけなら、ネットで簡単に買えるものさ」

妙にキザっぽいセリフの発言者は、カピバラのかぴおくんだった。

「これ、オークションサイト？　うわあ……悪魔が魂を売買してますよ」

かぴおくんの前のパソコンをのぞき込み、宇佐さんが一緒に見てと言わんばかりの顔をする。

みんながぞろぞろとカウンターの端に集まった。私もちゃっかり画面をのぞく。

『テストスティック　陽性♥（※ニセモノです）』

最初に目に飛びこんできたのはそんな商品名。少し間を置いて、肩が揺れるほど背筋がぶるっと震えた。ちょっとなにこれ？　人の道、外れすぎてない？

「まさに『愛を縛る鎖』ですねー。この売り切れてるやつなんてすごいですよ。商品名に名前が入っちゃってますし。『千弥さま専用』って」

このサイトは私もときどきのぞいている。商品名に「〇〇さま専用」と入っているのは、専用出品というローカルルールだ。大雑把に言えばほかの場所、たとえばSNSなんかで商品説明と値段交渉を済ませておき、取り引きのシステムだけにオークションサイトを利用するというもの。

だから実名でSNSなんかをやっている場合、注意しないとこういうことが起こっちゃうんだよね……。

「千弥、おまえまさか……」

「ち、違う！　あたしこんなの買ってない！」

私もそう思いたい。けれど千弥さんが持っている妊娠検査薬は、商品画像とまったく同じものだ。千弥という名前もどこにでもあるとは言い難《がた》い。

「じゃあ証拠を見せてくれ。いますぐ検査薬買ってくるから」

「なにそれマタハラ？　ＤＶ？　僚太、そんなにあたしと結婚したくないわけ？」

止めなければいけないと思う。思うけれど、私の声帯は少しも震えない。

「そうじゃない。妊娠してたらきちんと責任を取る」

「責任ってなによ！　あんた子どもができないと結婚しないわけ？　だったらなんであたしとつきあったの？　この女を忘れたいからでしょ！」

千弥さんが私に指を突きつけ、燃えるような目でにらんでくる。

「いいかげん、ふざけんじゃないわよ！」

そう叫んで床になにかをたたきつけたのは、千弥さんではなく市顔だった。

鈍く輝くお店の床に、金髪のウィッグが映り込んでいる。

「おまえ、ささめか……？」

「ささめちゃんだよ！　ちょっとウィッグかぶっただけで気づかないとか、あんたどんだけささめちゃんのこと見てなかったの？　そんなんだから千弥ちゃんが最後の手段に出たんだよ。言っとくけど、千弥ちゃん悪くないからね。うちらは優柔不断な男にもてあそばれた被害者だから！」

市顔が千弥さんの手を取った。頭の処理が追いつかない。

「でも、一番悪いのは凜花ちゃんだよ」

「わ、私？」

「凜花ちゃんがさっさと男を作らないから、リョータが諦めきれないんだよ。おかげで凜花ちゃんを忘れるために、何人もの女が利用される。そんでやっぱ凜花ちゃんが忘れられないって、みんな簡単にポイされちゃうわけ」

ようやく理解が追いついてきた。

「もしかして市顔さん、僚太とつきあってたの……？」

返事の代わりに、「今頃？」という視線が私を射すくめる。そういえば僚太が前につきあっていた子は、一回り近く若かったけれど……。

「ほんと、この子の言う通りだよ。あたしも昨日の夜にいきなり電話で別れ話を切り出されて、とっさに『妊娠してる』って返してさ。そのあと慌ててネットで検査薬探したから、偽名伝えるの忘れてた」

思わぬ味方を得たからか、千弥さんは完全に開き直っていた。

「ねえねえ、千弥ちゃんあれ聞いてる？　リョータが凜花ちゃんにフラれた理由」

「聞いてるってか聞かされまくった。僚太が高校生の頃に歯医者に通ってて、そこの衛生士とキスしちゃったって」

「えー？　詳しく詳しく」

市顔と千弥さんの会話に、宇佐さんがノリノリで入ってくる。

「『虫歯って、キスでうつるって本当ですか？』って、リョータが聞いてー」

「『あら、試してみる？』って、衛生士が返して」

「ぶちゅーとしちゃったんですか？」

「そう。そんでリョータバカだから、それを凛花ちゃんに話しちゃってー」

「『おまえの彼氏はこんなにモテるぞって、自慢のつもりだったんだ』って、フラれたあとにつきあった女たちにこぼすの」

「イケメンの思考回路はユニークですね」

「宇佐ちゃん、はっきり『バカ』って言っていいわよ。でもね、男ってみんなこんなもんなのデリカシーがなくて、過去をいつまでも宝物にして。これでも僚太はましなほうよ。なんせ顔だけはいいから」

ガールズトークの中心に、ぱっと笑いの花が咲いた。

「ていうか、一番ウケるのは凛花ちゃんだよねー。だってそれをきっかけに衛生士になったんだよ？」

「ちがっ！　私が衛生士になったのは、女も手に職がないと厳しい時代だし——」

「凛花ちゃん、そうやって自分にうそつくのやめて？　十五年も両想いなのにくっつかないから、ふたりの周りが死屍累々《ししるいるい》なんですけど？　ささめちゃんなんて、うっかり大学辞めて衛生士を目指すことになっちゃったんですけど？」

「わかるわー。あたしも仕事辞めて、衛生士の学校入ろうとか思ってたもん。みんな同じこと考えんだね。歯科衛生士になれば僚太に愛されるって」

千弥さんが仕事を辞めたがっていた理由が、まさかそこにつながるとは。

「ふ、ふたりには悪いけど、私は僚太のことなんてなんとも――」

「凛花さんはさ……いやもうこの際、凛花ちゃんって呼ばせてもらうけど、堅実な性格でしょ。夢を見るより損をしないことを重視するタイプ」

まるで占い師のように、千弥さんが私の顔からつま先までをすーっと観た。

「だから絶対ギャンブルになんてハマらない。でもこういうタイプの人がうっかりパチンコに手を出すと、どうなるか知ってる？」

どうなるんですかと、宇佐さんが尋ねた。

「破滅するんだよ。損した分を取り戻そうとしてね。たとえば別口で臨時収入があっても、パチンコで負けた分を相殺できたとは考えない。株でいったら損切りできないタイプだよ。こういう女が失恋をすると、男みたいにいつまでもうじうじと過去に執着する。損した分の元を取ろうと、ちょっとやそっとの男は認めない」

「千弥ちゃんすごーい。なんとかカウンセラーみたいな人？」

「あたしはただのパチンコ店従業員。人生が下手な人をたくさん見てるだけ」

自分も含めてねと、千弥さんは悲しげに笑った。

「で、でも、いま私には好きな人がいます！」

私は声高に主張した。くしくも占い師の診断と同じ結果だけれど、千弥さんの言葉には同意できない。私が十五年もずっと失恋していたなんてわけがない。

「それって店長のことですか？　だったら錯覚だと思いますよー。店長ふわふわでかわいいから、愛《め》でたい気持ちを恋と思い込むお客さんは多いので」

失恋中の人は特にと、宇佐さんが訳知り顔でつけ足す。

「想像するにー、この間の飲み会で、リョータが結婚したいみたいなこと言い出したんでしょー？　だから凜花ちゃんは無意識で前に進もうとしてー、絶対に恋が実らないアリクイさんを『運命の人』って思い込んでー、十五年間の失恋を上書きすることにしたんじゃなーい？　ささめちゃんは、そういうことだと思うなー」

「そっ、そんなことするわけないでしょ！　だいたい私はアリクイさんの見た目を好きになったわけじゃありません。虫歯がないことにまず運命を感じて、マスクをしていない私をきちんと認識してくれたから――」

「あの、ぼくはあまり目がよくないんです。だから中応さんのことは、匂いで認識していました」

私の最後の抵抗を、アリクイさんが驚愕の事実で覆《くつがえ》した。

「あー、あたしが妊娠してないってわかったのもそれ？　ホルモン的な？」

千弥さんの問いに「すみません」とうなずくアリクイさん。

「『恋は盲目』――人は見たいものだけを見るって意味さ」

かぴおくんのキザなセリフに続き、市顔が「そろそろ認めよ？」と、笑っていない目で小首をかしげた。

「認めたくても……無理よ。私たちはもう十五年もいまの関係を続けてる。ここまで変わらなかったんだから、いまさらどうしようもないし……」

「どうしようもあります！」

声を上げたのは、そばのテーブルでクリームソーダを飲んでいた女の子だった。

「『どうしようもない』って、自分では解決できない問題のことです。おねえさんは応援してくれる人がたくさんいるんだから、『どうしようもない』と思えても、きちんと向き合わなきゃダメだと思いますっ！」

女の子はそれだけ言うと、もう無理といった様子で、テーブルにばったりと顔を伏せた。横に置いてあるクリームソーダのサクランボと同じくらい、耳が赤い。

私は戸惑いつつ、その場の顔ぶれを見回す。

市顔とクリームソーダの女の子、アリクイさんに宇佐さんと、かぴおくんと鳩なんとかさん。そして千弥さんまでもが、私を見てうなずいていた。

「僚太、私……」

それ以上の言葉を続ける勇気がない。僚太が自慢げにキスの話を始めたあの日、頬をたたいて別れを告げたのは私だ。

「凜花、それ以上言わなくていい。もしもまだ、おまえが俺のことを好きでいてくれるなら――」

「ダメだよ、そんな言いかた」

自分たちが曖昧《あいまい》なせいで、私と僚太は多くの人を巻き込み傷つけた。

その自覚は私にだってないわけじゃない。僚太と会って話をするたびに、もしかしたらまだ私を好きかもと思うことはあった。つきあっている彼女と別れたいという話を聞くとき、私の中には期待があった。

でも、また失うことを恐れた私は、これ以上自分が傷つかない選択をした。僚太を選ばず、ほかの誰かも選ばない。千弥さんが言ったように、じわじわと自分をすり減らすだけの方法を選んだ。飲みにいったら僚太の彼女をフォローするくせに、いざ千弥さんと僚太が衝突すると、私はなにもしなかった。

「そんな言いかたをされたら、卑怯《ひきょう》な私はまた逃げる。お願い、僚太。勇気を、ください」

「……わかった」

僚太が目をつぶって大きく息を吸い込む。

「凜花、俺はいまでもおまえのことが好きだ。十五年間、ずっと想っていた」

見開かれた僚太の瞳に私が映る。私は十五年間この言葉を待っていた。

でも本当は、クリームソーダの女の子が言ったみたいに、私は自分から言わなければならなかった。僚太が女の子と別れるたびに言おうとして、言えないいまま新しい彼女ができたと聞かされて、何度も胸の奥にしまった言葉を。

「ごめんなさい」

私は千弥さんに頭を下げた。

「私、いまでも僚太のことが好きです。本当に、すみません……」

「あたしに言われても困るけど」

千弥さんが苦笑いを浮かべている。

「とりあえず、よかったんじゃない？　僚太はともかく、凜花ちゃんが幸せになってくれたら、あたしは嬉しいよ」

「でも、千弥さんは婚約者だし……」

「あたしは婚約破棄されるのに十分なことをしたよ。それに本来なら昨日で終わってる恋だしね。ついでに失恋の痛みも全然ないんだ。そういう悲しい気持ちは、つきあってるときに十分味わわされたから」

「千弥、すまなかった」

深々と頭を下げた僚太に、今度は市顔が文句を言う。

「ほんっと、男ってバカだよねー。失恋した女の子が強がり言ってるのに、『すまなかった』とか頭下げちゃって。ここはウソでも千弥ちゃんのかっこよさに惚《ほ》れ直した的な表情をするところでしょー？」

僚太が慌てて表情筋をもにょもにょ動かす。

店内に失笑が漏れた。しかし同時に拍手もあった。

さっきの女の子が、尊敬の眼差しで千弥さんと市顔に向けてぱちぱちと手をたたいている。彼女の気持ちは理解できた。ふたりとも、すごくかっこいいから。

「私たち、十五年かけて元サヤに戻るのね……。恥ずかしいし、情けないわ……」

僚太にだけ聞こえる声でこっそりとこぼす。

「俺は嬉しいよ。凜花のために十五年かけて磨いてきたキスをやっと試せる」

もうこれくらいじゃ別れたいとは思わないけれど、とりあえず思い切り殴った。

6

悲報と言うべきなのか、私は患者さんからまったく声をかけられなくなった。

どうやらグローブの上からでも、指輪をしているのがわかってしまうらしい。だったらマスクの下の顔もわかるのではと、微妙に納得がいかない気分だ。

「それにしても、凜花ちゃん思い切ったわねぇ。キスもしたことなかった相手と即結婚だなんて」

先生が鏡越しに私を見た。市顔は歯ブラシを動かしながら無言。昼食を終えて戻ってくると、私たちはいつも鏡の前で三人並んで歯を磨く。

「一緒に過ごした時間だけなら、下手なカップルより長いですから」

それにキスは済んでいる。あの晩、市顔は千弥さん宅にお泊まりしてお酒を飲んでいたのだけれど、千弥さんがどうにも泣き止まないということで、ショック療法として私は僚太とのキス写真を送るように命じられたから。

市顔は鬼だ。でももあの夜に奇跡が起こらなければ、私にも同じことをしてくれたのかもしれない。そう思うと、死ぬほど恥ずかしくても断れなかった。

「すまし顔で言ってるけどー。凜花ちゃんの性格だと、絶対遅れを取り戻そうとしていちゃいちゃしまくってるよねー」

「そそそ、そんなことすりゃっけないでしょ！　そりゃまあ、膝に乗せて歯を磨くらいはするけど……」

鏡の向こうの二組の目が、これ以上ないくらいににやにやしていた。その間にはさまれた私の顔は、クリームソーダの女の子の耳くらい赤い。

「凜花ちゃん、超かわいい……。ローヤルゼリー配合のグミあげるね」

「凜花ちゃん、明日のランチはうなぎにしよっか？」

きっとこのセクハラはしばらく続くのだろう。せめて患者さんの前では言わないでと切に願う。

「まあなんにせよ、幸せになってね凜花ちゃん」

「それは大丈夫です先生。そういう契約になってますから」

「契約？」

私は化粧ポーチの中から、折り畳まれた一枚の紙を出した。

縁というのは不思議なもので、十五年越しの元サヤ騒動以来、なんとなく千弥さんと市顔と有久井印房でお茶をするようになった。

私は正直気まずいのだけれど、ふたりにそういう感情はないらしい。『元カノは今カノに、男以外、譲る必要ないから』の顔で、市顔も千弥さんも悠然とパフェを掘り進めている。

その日の私は「ももも」をつつきながら、僚太から指輪をもらったことを報告させられていた。せられていた。すると通りすがりの宇佐さんが商売っ気を出す。

「店長、ハンコを作るタイミングって、まさにいまですよね？」

「ど、どうかな。本当に必要になってからでいいと思うけど……」

「でもずっと先の結婚式より、あの晩のほうが凛花さんの節目じゃないですか？」

確かにそうだと思い、私は話に乗ることにした。

「アリクイさん、よければ一本お願いします」

「ええと、ご結婚後の認め印でしたら、姓の『東』一字がいいと思います。でもその場合、向かいの一寸堂《いっすんどう》さんでお求めやすい価格のものが……」

　これから色々物入りなのだから、文具店の三文判で節約しろということだろう。アリクイさんは本当に人がよすぎだ。一時の気の迷いと言われても、アリクイさんを好きになれて本当によかったと思う。

「いえ、私はアリクイさんに東凛花で彫ってほしいんです」

　自分の仕事でたとえると、人工歯を作るだけなら私や先生もできる。でも歯科技工士に発注すると、代用物ではない「歯」そのものを作ってもらえた。本物と見まごうほど精巧なだけでなく、そこに命が感じられる歯を職人さんは生み出す。

　ハンコについて、アリクイさんはこう言っていた。

『――押された印鑑を見るたびに、あそこが人生の節目だったと、自分を鑑みる意味もあるものなんです』

　だから私は、アリクイさんにハンコを彫ってもらいたい。もう二度と別のなにかで代用しないように、決意を印材に刻み込んでほしい。それができるのはアリクイさんだけだから。

「いいな。なんか、あたしもハンコ作りたくなってきた」

「ささめちゃんは、ピンクのトパーズがかわいいと思うー」

アリクイさんとハンコの打ち合わせをしていると、横から千弥さんと市顔が口を出してきた。するとまたもや宇佐さんが提案する。

「じゃあこういうのはどうですか？　女の子三人でハンコを作って、できあがったら契約書に判を押すんです。『わたしは絶対幸せになるぞー』的な文言を並べた文書を三部用意して、それぞれに割印《わりいん》すると、なんかいい感じじゃないですか？」

具体的になにがいいのか言わないのが、宇佐さんの商売上手なところだと思う。

私たちはそれぞれ自分で意味を見いだし、契約書を作成することにした。


「で、これがその契約書ってわけね」

先生が持っている紙には、宇佐さんが言った文面がそのまま書かれてある。紙の左右には、千弥さんと市顔、そして気が早いけれど「東」姓の私のハンコが、半分だけ見えていた。

「でも変ね。こういうハンコの押し方って、契印《けいいん》って言うんじゃなかったっけ？」

「割印と契印は似て非なるものだそうですよ」

割印は不動産契約でおなじみだけれど、ひとつの契約書の複製を作り、借主と貸主でそれぞれ別個に所有する場合など、ふたつの契約書は同一のものであることを証明するために、双方が二部にまたがって判を押すことを言う。

私たちの場合はＡ４サイズの紙を三枚作ったので、それを並べて二カ所に三人がそれぞれ押印したという案配。

「それと違って、契約書が複数ページで作成されている場合、新たに文書を追加できないよう、ページ間にまたがって押すハンコが契印です。先生は、これでトラブルがあったんですよね？」

具体的には聞かなかったけれど、先生とご主人は過去に不動産契約でひどい目に遭ったことがあるらしい。それをアリクイさんの助言で乗り切ったがゆえに、先生夫妻は恩人と考えているようだった。

「そうなのよぉ。あのときは、本当にたいへんだったわ。どうもハンコって、言われるままに押しちゃうのよねえ。契約書がこのくらいシンプルならいいんだけど」

「もし可能なら、相手に内容を読み上げてもらうといいそうですよ。内容を理解してうなずくことと、最後にハンコを押すことは同じことなので」

この契約書は子どもじみているけれど、大の大人が三人、わざわざハンコを作って幸せになると宣言したことに意味がある。それは謝罪や、戒めや、決意のようなもので、私たちは押された判を見ることで、自分の選択を肯定したかったのだ。まあ桃に酔っていただけかもしれないけれど。

「ほんと、ハンコって人生変わるわよねぇ」

鏡の中の先生が、歯ブラシをくわえたまま大きなため息をついている。

その後ろ、つまりは窓の外の電線に、一羽のハトが留まっているのが見えた。なにやらこちらをじっと見ているハトは、手旗信号でも送るように翼をはたはた動かしている。まるで私になにかを伝えようとしているみたいに。

「あ、そうだ」

ハトはどうでもいいけれど、私にも伝えなければならないことがあった。あまりに急展開すぎて、すっかり義務を怠っていた。

昼休みの残り時間を確認し、私はスマホを起動して友人にメッセージを送る。

『ご報告があるんだけど』

ARIKUI no INBOU

くず餅食べた人と
ナポリタンと朱肉

1

夏で午前で屋外で　でも僕たちはどんよりで
ここは小さな予備校の　陽の当たらない喫煙所
うしろめたいと息ひそめ　やる気でないと煙吐く
ご存じここが掃きだめです
僕たちがクズの見本です

「よく、『俺は敷かれたレールの上なんて歩きたくない』って言うけどさ」

池尻《いけじり》がコーラくさいゲップとともに言った。

「出たな今日の『けどさ』」

僕は地べたに座って、地べたを見つめたまま答える。

七月に入り、横浜の気温は三十度を超えていた。けれどビルの谷間に押し込められたこの喫煙所は、真昼でも暗くじめじめしていて居心地がいい。

なぜなら高校生はまだ夏休み前。ここにいるのは受験に失敗した上に七月に入っても授業をサボる浪人生、つまりは負け組中の負け組ばかりだ。地べたで煙を吐く人間たちが集う路地裏は、さながら阿片窟《あへんくつ》を彷彿《ほうふつ》とさせる。映画で言えば『スワロウテイル』みたいな。

「なんだよアザミ。『今日のうんこ』みたいに言うなよ」

「池尻は毎朝便器をのぞきこんで、『今日のうんこ』ってつぶやいてるのか？」

「つぶやくわけないだろ。写真のタイトルだ」

「撮ってんの？　毎日出したの撮ってんの？」

池尻はアホだ。ずっと黒髪だったのに、卒業アルバムの写真を撮る日に金髪にしてきて、『俺も昔はやんちゃしてたんだぜ』って、女に卒アル見せるんだよ。これ、ギャップモテな』なんて言いながら、結局金髪を気に入ってしまい、卒業したいまも黒髪に戻していないタイプのアホだ。

僕はげらげら笑っている池尻に、「で？」と、肩をすくめてみせた。

「撮ってると思う？　撮ってないと思う？」

「そっちじゃない。レールがどうのの『けどさ』のほうだ」

池尻は「ああ」と投げやりに言って、残っていたコーラを飲み干した。うまいとかまずいではなく、ただそこにあるから飲んだという顔で。

「あれってさ、どっちかって言うとレール敷いてほしくね？」

「ああ。それはちょっとわかる」

相づちを打ちながら、目の前に漂ってきたたばこの煙をぼんやりと見上げる。僕も池尻も吸わないけれど、勉強しない浪人生が気詰まりせずに過ごせる場所は予備校の喫煙所くらいしかない。おかげで最近は煙にも慣れた。

「俺んとこもアザミんとこも、親は平凡なリーマンじゃん。子どもに対しては『好きなことやりなさい』ってスタンスじゃん。ありがたいっちゃありがたいけど、それって放任主義という名の育児放棄じゃね？」

「だな。教育熱心な両親のもとに生まれれば、僕らはこんな底辺にいなかった」

早い話、これは親への恨み言だ。『勉強しろ』と注意されるのはうっとうしいけれど、自主性を尊重されすぎても、僕たちはどうしていいかわからない。

挙げ句にだらだら遊びほうけて、「ただ行くための大学」にすら落ちるボンクラ息子のできあがりだ。子育ては運ゲーだと思う。

「そこいくと宮前《みやまえ》とかやばくね？　あいつ両親音楽家だから、ストレートで音大入ったろ。ああいうの憧れるよな。将来のことなんも考えなくていいのって」

「おまえがなにか考えてるみたいに言うな」

「うっせメガネクズ」

「人をメガネ製作行程で生まれた削りカスみたいに言うな」

「じゃあクズメガネ」

「それなら否定しない」

池尻がくつくつと笑った。明らかになにも考えていない横顔を見て、僕は人知れず安堵する。こいつは宮前とは違う。

「あのもじゃ頭、今頃は敷かれたレールの上を、がーって走ってんのかな」

「違うって。宮前は親に言われて音大に行ったんじゃない。あいつは自分がピアノをやりたくて猛練習したんだ。僕たちみたいなニート予備軍とは違う」

宮前は自らレールを敷設《ふせつ》したのだ。しがらみをすべて切り捨てて。

それは正しい判断だ。だからあいつはいまここにいない。

「それな。俺らこのままいったら適当なFラン入って、ブラックに片足突っ込んでるような会社に就職して、入社一年でソッコーで辞めて、三十半ばまで親のすねかじってブラブラするぞ」

「さすがにそこまでは落ちないだろ」

「『と、十八の僕は考えていたのだった』、ってな」

池尻がやおら立ち上がる。

「アザミ、俺もおまえも他人に迷惑かけないだけで、基本うだつの上がらないクズだろ？　このまま無気力に過ごしたら、『学生時代に一番打ち込んだものは？』って問いに、『検索窓へのエロワードです』って答えるしかない人生を送るぞ。そんなの生きてるって言えるか？　俺たちはあと十年死んだままなのか？」

興奮気味に演説する友人を、僕はぽかんと見上げる。

「どうしちゃったんだ、池尻」

「立てよアザミ。立って周りを見てみろ。ここからなにが見える？」

僕は渋々立ち上がり、「喫煙している浪人生の方々？」と、見たままを言った。

「その通りだ。おい」

池尻がそばにいた男の肩に手をかける。ここでよく見る小太りな男だ。

「あんた、『たばこは二十歳になってから』って知ってるか」

「はい？　ボクは未成年じゃないんですが？」

男はカレーパンをむしゃむしゃ食う合間に、せわしなくたばこを吸っている。生き急いでるくせに浪人するとか、まったくもって意味不明だ。

「じゃあ二浪《にろう》か。二浪《じろう》パイセンっすか」

「なんなんです、彼？」

二浪パイセンが、「なんか変なやつにからまれちゃったボクかわいそう」といった体《てい》の、はっきりしない表情を周囲に振りまいた。

「いいか、アザミ。ここにいるのは昔に比べて楽になった受験に失敗し、親に出してもらった金で予備校に通い、そのくせ気が乗らないと講義をサボり、大半は未成年のくせにイキってたばこをふかして、場合によっては臆面《おくめん》もなく多浪を吹聴《ふいちょう》する、ここまで言われても俺と目も合わさない、クズ中のクズのみなさんだ」

「おい、落ち着け」

僕は慌てて池尻をなだめた。しかしクズのみなさんは聞こえていないのか、うつろな目をしてスマホの画面を見つめている。

二浪パイセンは引きつった顔でニヤニヤしていた。僕もとっさにへらへら笑う。

本気を出すのはかっこ悪いから、むきになるのは見苦しいから、僕たちはそうやって保身する。なんでも笑ってごまかして、冗談だったことにしてしまう。

「池尻さ、ギャグはもっと言葉を選ぼうぜ」

なんて具合に。僕たちはいつだって冷笑したい。

池尻だって、本来なら作り笑いを浮かべる側だ。なのにその目は「ギャグなわけないだろ」と言っている。なんで突然豹変《ひょうへん》しちゃったんだこいつは。

「明日だぞ、アザミ」

「明日って、なにが」

「今日がデッドラインなんだよ。俺たちも明日になったらヤニを吸い始める。そうなったらもう戻れない。無職の三十五歳へ向かう列車に、くわえたばこでクズどもと乗っちまうんだ。『こんな列車いつだって降りられる』って強がりながら、『明日から本気出す』ってうそぶいて。そうやって自分を傷つけないようにヘラヘラ笑っているうちに、気がつけば人生の終点にいるんだよ」

そんなことは知っている。僕たちの前にだって、レールは敷かれている。

池尻が言ったのは、僕たちが気づいていながら目をそらした未来であり、考えることを先延ばしにした現実だ。

おそらくここにいるクズどもは、「自分だけは違う」と斜に構えながらこの話を聞いているだろう。でも大半がその終着駅に着くのは間違いない。

なぜなら、ここまで聞いても誰も立ち上がらないから。もちろん僕を含めて。

「で、池尻。今日から心を入れ替えて勉強しようって言いたいのか？」

僕は大げさに肩をすくめてみせた。おいおい、冗談きついぜ。今年からエイプリルフールは七月になったのか？　そんなセリフを表情に乗せて。

もし『俺たちだってやればできる』なんて言ったら、思い切り冷笑してやる。やってできないのが怖いから、僕たちはここにいるんだろうと。

「出たな、今日の『で』」

「なんだよマネすんな」

「アザミ。おまえってほんと『で』を多用することで、自分を頭いいキャラみたいな立ち位置に置こうとするよな。俺とたいして偏差値変わんねーのに」

「おいやめろ。あさってくらいからギスギスしそうなこと言うな」

「でもさ、俺はアザミのいいところもいっぱい知ってるぜ？」

「なんでちょっと恋人みたいな言いかたすんだよ！」

池尻が僕の肩に手を置いてふっと笑った。意味がわからない。

「聞けアザミ。若いときにやったことが青春の思い出になるんじゃない。青春こそが青春なんだ。クズの青年期なんてただのゴミ溜《た》めだ。この夏は、俺と一緒にウェイウェイしようぜ」

「……ああ。言いたいことがわかった。要は大学生がうらやましいんだろ？　でも残念ながら、浪人生はウェイウェイできる立場じゃない」

「言い訳すんなクソメガネ！」

「クズメガネだ！」

僕のツッコミに周囲から忍び笑いが起こる。聞いてるのかよ。

「そうだ。おまえはクズだ。俺もクズだ。だから、バイトしよう」

「は？　バイト？」

「社会に感化されるんだよ。アザミ、おまえいままでバイトしたことあるか？」

「あるけど」

「あるのかよ！」

二浪パイセンがぶほっと吹いた。あんた笑ってる場合か？

「となるとアザミは、感化される機会を看過したんだな」

「ドヤってるところ申し訳ないけどさ、池尻。今度こそ、『勉強しよう』って言うタイミングじゃないのか？」

「バカ言え。俺たち浪人生が勉強しないのは浪人生だからだ。この世でもっとも必要とされない人種だから、自分が必要とされる未来がイメージできない。リアリティを知らないから、自分のリアルを他人事《ひとごと》のように思っちまう。このままじゃ三十五歳無職になると頭でわかっていても、それを肌感覚で持ち合わせていないから、俺たちは勉強しないんだ。違うか？」

「む……一理あるな」

僕は思わずうなっていた。『浪人生は浪人生だから勉強しない』というトートロジーは、少なくともここにいる連中にはあてはまる。

一度失敗しているからこそ、僕たちは二度と失敗したくない。だからこそ、あえて勉強をしない。本気を出さなければ、負けても失敗じゃないから。

七月を『もう』ではなく『まだ』と考える僕たちは、きっと二月になっても同じことを思うだろう。そして勉強しなかったんだから落ちるのは当たり前だと、全力で勉強して負けた自分がいなかったことに安堵するはずだ。

「そんな俺たちに必要なのは社会勉強だ。ナマの人生経験だ。浪人生ではない人間を見て、浪人生ではない自分を想像する。きっと俺たちは、浪人生という自分が恥ずかしくなるだろう。やがて焦りを感じて勉強する。それが狙《ねら》いだ」

「まあ……同じ無勉の浪人生なら、バイトしてるほうがましではあるな」

「だろ？　浪人生がバイトをするってのは、アザミの好きな『スタンドバイミー』なんだよ。四人の少年は敷かれたレールの上を歩きたくなくて、線路を歩いて死体探しの旅に出た。俺たちも、歩こうぜ」

「おお……おお……！」

好きな映画でたとえられ、不覚にもグッときてしまう。

「そうと決まれば早速行動だ。アザミ、うだつ上げていこうぜ！」

僕たちは「うぇんざないっ」とベン・Ｅ・キングを歌いながら、大股《おおまた》で喫煙所を出ていく。するとスマホを見ていた何人かが立ち上がり、自習室のほうへ向かった。彼らは感化される機会を看過しなかった、ということなのかもしれない。

二浪パイセンは人を小馬鹿《こばか》にしたような顔のまま、灰皿のそばを動かなかった。もう手遅れ、ということなんだろう。彼に池尻のような友人がいなかったのは不憫《ふびん》だけれど、それは自分が悪い。

友情は、ほかのすべてを犠牲にしてようやく維持できるものだ。

2

ストロー袋を縮めたものに　水を一滴垂らしたよ
もぞもぞうごめき伸びきるさまは　いまの僕らと瓜二《うりふた》つ
もうこれ以上は動けない　枯れ木に花は咲き出さない

　ご存じ僕らがザ・クズです
　ドリンクバーならこの店です

「よく『アットホームな職場です』って言うけどさ」

池尻《いけじり》がコーラくさいゲップとともに言った。

僕たちは予備校からほど近い、横浜駅そばのファミレスにきている。豊富なドリンクバーと低価格が売りの店で、場所柄かテーブル席を確保した客は、たいていが予備校のテキストや参考書を広げていた。

そんな雰囲気の中、コンビニでかっぴってきた無料のバイト情報誌を眺める浪人生の気分を問われれば、「ツマンネ」に尽きる。

「本日二回目の『けどさ』だ」

僕は頰杖《ほおづえ》をついたまま、ストローですくった水を自分の肘《ひじ》に垂らした。もちろんうねうねと伸びたりはしない。今日はもう、一度伸びきってしまった。

「ぶっちゃけ、飽きてきたからな」

クズを感化してくれそうなバイトはなかなか見つからない。そもそも「やりたいこと」がそこらに転がっていたら、僕らは浪人なんてしていないだろう。

僕らが大学を目指すのは、うまくもまずくもないコーラを飲むのと同じだ。ほかにすることがないから、そうしているだけ。

そんなクズの怠惰と無気力は、当然半端なものじゃない。目にした求人広告のほとんどに、僕らは「やりたくないこと」ばかり見つけていた。

「で、アットホームがなんだって」

「これってさ、『あなたの私生活にガッツリ干渉します』って意味だよな。職場で誰かがコクられたら、全員でプロレスみたいに実況解説します的な」

「そんな職場あるわけないだろ。その文言は、『休みを取るときは、自分でほかのバイトに交渉しろ』って意味だ。つまりコミュ力が要求される」

「うっわめんどくせ。ぜってぇ働きたくねぇ」

さっき群衆を鼓舞した池尻ですらこの有様だ。僕らは堪《こら》え性《しょう》などかけらも持ち合わせていない。クズはクズゆえにクズである。

「もうだりぃしゲーセン行くか。アザミ、コイン預けてあったよな？」

「……ああ」

動くのも面倒くさかった。プール上がりみたいな倦怠感《けんたいかん》が全身にある。

そんなふやけた浪人生の前を、さっきから女子店員があっちこっちと、せわしなく動き回っていた。だらだらやっても時給は変わらないのに、ご苦労なことだ。

ふと思う。働かなくても金がもらえたら、人はどうするだろう？

僕だったらなにもしない。なにもしないのが一番楽だ。

でもフィンランドで実施されたＢ　Ｉ《ベーシックインカム》の実験では、違う結果が出た。国がギリギリ生活できる一定額の現金を支給したことで、無職の人間は堕落するのかと思いきや、就職活動を始めるようになったのだ。

もちろん、国や財源の有無によってＢＩの成果は変わってくるだろう。僕が言いたいのは、フィンランドの無職たちは給付を得て生活が安定したことで、初めてよりよい暮らしを求めることができるようになったということ。

これは池尻が言った、『浪人生は浪人生だから勉強しない』と似ている。

僕は自分が最底辺にいると思っているから、いまはなにもしていない。でも誰かによって救いの手が差し伸べられたら、わずかでも精神的安定を得られたら、上を目指そうと勉強する可能性はある。問題はいつだって環境だ。

「なあ池尻」

「なんだクズメガネ」

「字は同じだけど、『楽《らく》』って『楽しい』じゃないよな」

「どうしたクソメガネ?」

「苦しくないことが楽なんだ。僕たちは楽だけど、楽しくない」

三十五歳の未来を危ぶむくせに、僕たちは刹那的《せつなてき》に怠けてしまう。

たぶん人生において成功体験がないからだ。僕たちには敗者のメンタリティが染みついている。ゆえに『本気を出さなければ負けても傷つかない』と考え、いつでも余力を残している。

それはとても楽な生きかただ。楽しくはないけれど、苦しくもない。

「だからさ、バイト、ここでやってみないか?」

「ここって、このファミレスか?」

僕は返事の代わりに、「バイト募集」の張り紙が貼られた壁を指さした。

「時給九百円……ふっつーだよな。なんでここがいいんだよ」

次いで僕は、きびきび働く女性店員に指を向ける。

「女の子の、制服が、エロい」

僕たちの前で揺れ動くスカートはかなり短く、白いブラウスの胸元は、その膨らみを強調するように腰までのエプロンが巻かれていた。誰がデザインしたのか知らないけれど、ハリウッド映画のシャワーシーンみたいな仕事だと思う。そこに必然性がなくたって、いいものはいい。

「僕たちはどんなバイトだってやりたくない理由を見つける。そしてやる気は一瞬で萎《な》える。おまえの演説で上がったうだつも、あっという間に地に落ちた。『楽』と『楽しい』は、両立しないってことだ」

「なんかクズ名言出た」

「そうさ。僕らはぬるま湯でふやけたゴミクズだ。ちょっとやそっとじゃあの掃きだめからは逃げられない。つか逃げたくない。だったらなんかでテンション上がったときに、勢いで動くしかないだろ？　いま制服見て、ちょっとアガったよな？」

「アガった。昂《たか》ぶった。やるならいましかねぇ！」

というわけで、僕たちは履歴書も書かず、勢いでスタッフルームに突撃した。

モチベーションが不健全なのは、僕らがまだティーンエイジャーということで許していただきたい。エロスは僕らのＢＩだ。

ところで、僕がなぜこんなクズらしからぬ提案をしたかと言えば、池尻に感化されたときに「楽しかった」からだと思う。

それまでうんこ連呼で笑っていた池尻を見て安堵し、二浪パイセンと同じ予防線の薄ら笑いを浮かべていた僕は、あの演説が示す未来に内心で恐怖していた。

けれど同時に、別の可能性を啓示されたことにわくわくしてもいた。

まあ進級時のクラス替えみたいなもので、だりぃとポーズを取りながらも、心のどこかで新しいクラスメートになにかを期待する感覚に近いと思う。

僕は池尻の言葉を聞いて、机に伏せていた顔を上げた。すると当の池尻が寝ていたので、「……って、おい！」とノリツッコミをした。ただそれだけのことだ。

閑話休題。

人のよさそうな店長に志望動機を尋ねられ、僕らは偽らず答えた。もちろん制服の話ではなく、浪人生だけど社会勉強をして受験勉強のモチベーションを上げたいといったことを。

その正直が功を奏し、僕らはまんまと採用された。そこまではよかった。

「じゃあ、夏の間だけの短期バイトだね。もちろん気が変わったら続けてくれて構わないから。ところで二人とも、銀行の口座番号ってわかるかい？」

店長に言われて首を振る。どうやら給料を入金する口座が必要らしい。しかし僕も池尻もそんなものは持っていなかった。僕が以前にやったバイトは、現金取っ払いの引っ越し手伝いだ。

「それなら、なるべく早く口座を開いて教えてね。これも社会勉強になるんじゃないかな。ふたりとも、応援してるよ」

電車に乗って地元の望口《のぞみくち》に戻った僕たちは、レールの上ではなく見晴《みはらし》用水沿いをぶらついていた。

昔から、金がないときはこうして用水脇を散歩している。やがて飽きたら公園でだべったり、貯水池の水面をぼけっと眺めるのが、高校時代における僕たち三人の定番だった。

そう、三人だ。受験シーズンに入ると宮前は疎遠になり、あいつが合格してキャンパスライフを満喫しているいまも、互いに連絡は取っていない。だからいまでは僕と池尻だけが、こうして用水路沿いを無為にねり歩いている。

僕たち三人の関係を映画『スタンドバイミー』でたとえると、主人公で小説家を目指す十二歳の少年、ゴーディが宮前だ。ゴーディ少年はサラサラの金髪で、宮前はアフロに近いもじゃ頭だけど、そこはいったん忘れよう。

映画の中でゴーディには三人の友人がいる。ちょっとイカレた性格でメガネをかけたテディ、食い意地の張ったふとっちょバーン、そしてゴーディの親友で、四人の実質的なリーダーとなるガキ大将のクリスだ。

ひょんなことから、四人は死体探しの旅に出る。彼らはそれぞれに問題を抱えているけれど、旅で苦楽をともにし、互いを励まし合った。

『きみはきっといい小説家になれる』

そんなリーダー・クリスの言葉を信頼して、ゴーディは小説家を目指す。クリスもまたゴーディに勇気づけられ、不良生徒を脱却して進学コースへ籍を置く。

物語は四人の少年が旅をして、各々《おのおの》が抱えた問題と向き合うという筋だ。

しかし実質は、ゴーディとクリスがストーリーの中心にいる。メガネのテディとふとっちょバーンはにぎやかし担当にすぎない。進路もゴーディたちとは違う。

もうわかっただろう。僕がテディで池尻がバーンだ。

僕たちの中にリバー・フェニックスが演じたクリスはいない。けれど宮前は僕たちを置き去りにして違う道を進んだのだから、間違いなくゴーディだろう。

作中で小説家になったゴーディは、『あんな友人たちはもう二度と得られない』と過去を懐かしむ。

『一過性だからこその友情と、そのかけがえのなさ』

それがゴーディの書きたいテーマだ。それ自体は僕だって嫌いじゃない。

けれどテディもバーンも――僕も池尻も、鬱屈しながら、屈折しながら、いまも一緒に同じ道を歩いている。それは高校時代から連綿と続いているものだ。その時期だけを、『あんな友人たちはもう二度と得られない』と、宮前視点の物語として切り取られるのはごめんこうむりたい。

僕たちの旅はまだ続いている。たとえそれが無職の三十五歳へ続くレールの上だとしても、僕は自分だけ先に物語を終えたりしない。

「バイト、ろうするよ。あひた行かなきゃ、勝手にクビんなるかな？」

空になったコーラのボトルをくわえたまま、池尻がふがふがと言った。

さっきはふとっちょバーンにたとえたけれど、池尻は別に太っていない。いつまでたってもイカレメガネとつるんでいるから、こいつはバーンなのだ。

まあこれだけコーラを飲んでいたら、ふとっちょ化も実現するだろうけれど。

「クビになるさ。店長さん、いい人っぽかったから申し訳ないな」

僕たちは銀行口座の開設を諦めていた。口座を開くのに必要なハンコを持っていないからだ。

バイトするからハンコ貸してと親に頼むのは、浪人生という立場上、その説明が面倒くさい。そんなら買えという話だけれど、池尻はともかく、僕の姓である字箕《あざみの》は百均ではまず売っていない。

印鑑不要で作れる口座もあるにはある。でもそれは申し込みの一週間後に用紙が届くらしい。口座自体はすぐに必要なわけではないけれど、スマホで調べて知った瞬間に、僕らのテンションは「だりぃ」と地に落ちた。

「クズをクズと見抜けなかった店長が悪いよな。『これも社会勉強だよ』」

池尻が店長の声をまねる。僕はゲラゲラ笑った。

枕木《まくらぎ》が朽ち、赤さびたレールのイメージが頭に浮かぶ。結局この廃線に戻ってきたけれど、おかげで僕たちの旅はまだ続く。

沼にはヒルもいなくてほどよく温かく、追いかけてくる猛犬は手乗りのチワワ。うまくもまずくもないコーラがメタファーになるような、楽で苦しくない旅。そんなだらだらした散歩のような冒険が、クズの僕らにはお似合いだ。

「なあアザミ、あれって宮前じゃね？」

池尻の声で我に返る。見ればあの頃と同じもじゃ頭が、水路をはさんだ向こう側を歩いていた。

「ほんとだ。隣歩いてるのは……彼女？」

同い年くらいだろうか。白いワンピースを着て麦わら帽子をかぶった女の子が、楽しげに宮前とおしゃべりをしている。ふたりの間にはリードが垂れていて、その先には宮前そっくりにもじゃもじゃした犬が、きゃんきゃんと飛び跳ねていた。

「やべぇ、彼女クソかわいいんだけど！　もじゃもじゃのくせに！」

「犬まで連れてリア充オーラがパない！　もじゃもじゃのくせに！」

脇役が主役をねたむのは、ごく自然なことだと思う。きっとテディとバーンも、ハイスクールでゴーディを見かけて、同じようにまぶしがったに違いない。

『ヒルにタマを吸われて気絶したくせに！』

なんて言いながら、ふたりの少年は陽の当たる場所に憧《あこが》れたのだろう。

3

かつての友を尾行して　僕らは道をひた歩く
なんのためかはわからないけど　そうしないではいられない
これが若さで青春と　十五年後に酒を飲む
ご存じ僕らがザ・クズです
肴《さかな》は昔の話です

「アザミ、これなんて読むんだ？」

宮前とその彼女を尾行すると、ふたりは赤いレンガ造りの建物に入っていった。建物の前面に突き出た緑の日よけには、角張った字体でこう書かれている。

有久井印房

「アリクイインボーか……？　わかんないな。こっちはあんまこないし」

僕と池尻は最寄り駅こそ望口だけれど、宮前とは住んでいる区が違う。かつてあいつと落ち合っていたのは、もっと用水路の上流寄りだった。

「ここって喫茶店だよな？　メニューとか出てるし」

建物の前には小さなテーブルが置かれていて、これまた小さな黒板に手書きのかわいい文字が躍っている。それによると『本日の手作りケーキ』はガトーショコラらしい。ドアの前からほんのりコーヒーの香りもするし、宮前はかわいい彼女とカフェでお茶をしていると見て間違いないだろう。

「どうするアザミ。金あんまないし帰るか……っておい！」

僕はためらわず有久井印房のドアを開けた。からんとベルの音が鳴る。

「おまえって普段クールぶってるのに、知り合いに彼女できると尋常でないくらい嫉《しっ》妬《と》するよな……」

　さすがの俺もちょっとひくわと、池尻がこぼしながらついてくる。

　僕は嫉妬なんてしていない。あのもじゃもじゃに彼女ができて、僕にできないほうがおかしいのだ。僕に音楽の才能はないけれど、髪の毛は直毛だし、あいつと違って友だちを見捨てたりしない。

　だから宮前の彼女は、きっと性格が悪いはずだ。僕はそれを見定めたい。『いまどき麦わら帽子ってあざとすぎだろ！』と、池尻と笑い合って今日を終わりたい。

「いらっしゃいませ。本日はお食事ですか？　ご印鑑ですか？」

　ふいに現れた女の子を見て、僕は声を失った。

　白シャツに黒スカートという、ベタなカフェ店員のファッション。そこで判断すると彼女は有久井印房の従業員だろうけれど、短いボブカットの横には、なぜかてろんと犬っぽい耳が垂れている。

「ここあれか？　オムライスにケチャップで文字書いてくれる系の店か？」

　池尻が小声で耳打ちしてくる。

「わかんね。けどかわいい」

「わかる。超かわいい」

女の子は同い年くらいに思えるけれど、年上でも年下でも納得できるような外見だった。笑顔はフェミニンなのにどこかボーイッシュで、頭に犬耳をつけていながらそこはかとない知性を感じさせる。

「おねえさん、いま『印鑑ですか』って言いました？」

端的に言って僕のどストライクだ。語彙《ごい》がバカっぽくなるのもしかたがない。

彼女に見とれる僕を尻目に、池尻が尋ねた。

「はい。有久井《ありくい》印房《いんぼう》は、ちゃらっと言うとコーヒーが飲めるハンコ屋さんです。いまなら学生さん限定で、ナポリタンの大盛り無料ですよ」

どうもピンとこない。ハンコとコーヒーって共存できる業態なのか？

なんて首をかしげていて思い出す。僕たちはハンコがないことで銀行口座の開設を諦めた。ここで字箕の姓も彫ってくれたりするんだろうか？

「すいません、おねえさん。詳しく聞きたいんですけど」

池尻がいいタイミングで質問してくれた。さすがだ相棒。

「予備校生は学生に入りますか？」

「そこ詳しく聞くのかよ！」

「だってナポリタン食いたいだろ！」

池尻は昔からそうだ。学食のナポリパン――パンにスパゲティを挟んだ炭水化物のセッションを食うために、一限の授業を抜け出して無人の学食に並ぶバカだ。

「落ち着け池尻。僕たちのミッションは銀行口座の開設だ。そのために必要なのはハンコだ。ナポリタンなんて食ってる場合じゃない！　僕たちはハンコを探すためにここへきたんだよ！」

これはちょっとした運命だと思う。掃きだめからの脱出を試みた僕たちを、犬耳の女神が導いてくれたのだ！　ハレルヤ！

「全然違うだろ。アザミが宮前に嫉妬しただけだ。おまえこそ冷製パスタでも食って冷静になれ」

そうだった。ハンコのことなんてついさっきまで忘れていた。でも誰だって美しい女神が目の前に現れたら、テンション上がって信仰しちゃうだろう？

「お客さんたち、とっても面白いですね」

僕らのアホなやりとりを見て、女神がくすくすと笑う。尊い。マジハレルヤ。

「冷製パスタはありませんけど、予備校生はもちろん学生ですし、ハンコのこともご相談できますので、ひとまずはカウンターのお席にいかがですか？」

僕たちは「はーい」と返事して女神に従った。

店に入った瞬間、ふわっと甘い匂いを嗅ぎ、思わず目を閉じる。

これが女神の香り……とは、さすがに思わなかったけれど、バターが溶けるようなかぐわしさに胃が刺激された。

その途端、腹がぐるぐると鳴り始める。まぎらわしいけど空腹じゃない。

「池尻、ちょっとトイレ行ってくる」

昼間にドリンクバーを飲み過ぎたせいだろう。ひまにかまけてオリジナルレシピの制作に勤《いそ》しんでいた報いが、今頃きたようだ。

僕は素早い身のこなしでトイレと思しきドアを開け、用の大小を悟られぬよう一瞬で排泄《はいせつ》を終えた。そうして鏡の前に立ち、「最初から鏡見にきただけですが？」といったクールな表情を作って、髪のハネ具合を整える。

「……完璧《かんぺき》だ」

もじゃもじゃ頭の宮前よりも断然イケてる。僕も浪人生でさえなければ、それなりにウェイウェイした生活を送れるだろう。来年めでたく大学生になったら、あの店員さんをデートに誘うのもいいかもしれない。

ふふんと勝利の笑みを浮かべつつトイレを出る。すると遠くのテーブル席に、もじやもじゃした後頭部が見えた。

「宮前……」

あの頃と同じ青いTシャツを見て、ふいに記憶がよみがえる。

同小《おなしょう》だった池尻とは違い、僕と宮前の出会いは高校一年の文化祭だった。

いや正確には四月の時点でクラスメートだったけれど、その頃は無難な長髪だった宮前のことを、僕はあまり気に留めていなかったのだ。

僕も池尻も部活なんて暑苦しいことはしない主義だから、文化祭はひまだった。コーラを飲む以外にやることもなく、ただの時間つぶしで体育館を訪れたと思う。

「あれ、うちのクラスの宮前じゃね？」

池尻に言われて見ると、アンプやドラムセットが並んだステージの上に、男子生徒が数人いた。軽音部の連中だろう。宮前は中央のマイクスタンドの前で、青いTシャツを着て立っていた。しかしその雰囲気がいつもと違う。大幅に違う。

「うわほんとだ。なにあの頭、マジウケる！」

宮前はいつものハンパなロン毛に、もじゃもじゃのパーマをかけていた。そうして首から白いストラト――僕がギターの種類を知るのはもっとあとだけど――をぶら下げて、まぶしそうな顔で人のまばらな体育館を見ていた。

「スゲェな！　あいつこのタイミングで高校デビューか！」

体育館の二階席で、僕たちは宮前に指を差して笑った。すると当の本人が、なにを勘違いしたのかこちらに手を振ってくる。僕たちはますます爆笑した。

しかし本人はいい気分であるようで、はにかんだ顔で演奏を始める。

そう。いきなり始まった。ドラムのカウントもなく、コードを一発鳴らしたりもせず、宮前は人が集まりつつある会場の空気と同じトーンで、うねうねとしたグルーヴィなフレーズを前置きなしに奏で始めた。

瞬間的に会場の空気が変わったのを、いまも覚えている。ざわつきがぴたりと収まり、注目されていなかったステージを誰もが仰ぎ見た。

素人《しろうと》が聴いても、「あ、この人テクニックすごい」と感嘆するようなサウンド。それをベースラインが追いかけ、ドラムのリズムが重なる。

そして、爆発した。

「すげ……」

たった三人の音圧に、会場中が圧倒されていた。

それまでライブなんて数えるほどしか行ってないけれど、宮前の演奏はプロのそれと変わらないと感じた。爪の裏にまで鳥肌が立つ感覚があり、頭の後ろがしびれたようにじんじんした。

宮前がリフを弾きながらマイクに向かって英語を叫ぶ。ラップだった。

歌詞の意味なんてわからない。たぶんラップスキルはそれほどない。それでも宮前たちの音楽は、体育館にいる全員の耳と魂を二十分間引きつけた。

翌日、僕たちは宮前に感想を伝えた。嫉妬まじりに「かっこよかったぜ」と。

宮前は話してみるとよく笑ういいやつで、文化祭で演奏したのは「レイジアゲインストザマシーン」の曲で、着ていたのは「ソニックユース」というバンドのTシャツだと教えてくれた。

いまではどっちも好きなバンドだ。けれどアルバムのジャケットを見ると、複雑な気持ちになる。彼らに罪はないけれど、音は記憶と結びつく。

話を戻そう。僕たちはその日の最後に宮前に尋ねた。なんでそんな鳥の巣頭にしちゃったのかと。

「……ジミヘンに憧れて」

宮前は照れくさそうに、もじゃもじゃの頭を掻《か》いた。

いまだから言うけれど、正直きゅんときた。ボーイズラブ的な意味じゃない。僕の中には乙女が住んでいて、その頃の宮前をかわいいやつだと感じただけだ。

以降、宮前と僕たちは親友になった。映画と音楽は相性がいい。僕が『少年メリケンサック』や、『8マイル』や、『さらば青春の光』といった音楽色の濃い映画を勧めると、宮前はチャック・ベリーやエアロスミスやアンダーワールドみたいな、映画のテーマや挿入歌に使われたバンドと曲を教えてくれた。

池尻は池尻でゲームやアニメといったオタク方面に強かったから、僕らは高校生活の三年間、ひたすら見晴用水沿いでだべりたおした。

「アザミって、変なセンスあるよ。詩とか書くといいかもしんない」

ある日、宮前がそんなことを言った。

「いんじゃね。将来三人でバンドやろうぜ。俺ドラムたたくわ。アザミベースな」

「僕はギターだ。ベースはモテない」

「ギターだってモテないって」

「それは宮前がもじゃもじゃだからだ」

三人で笑い、宮前はベースへの転向を誓った。

そんな風に、僕らは未来を約束した。時期を定めたわけではないし、僕もギターの練習なんてまるでしなかったけれど、いつかやろうと決めたのだ。

なのに、宮前は僕たちのもとを去った。

僕たちの中にリーダー・クリスはいないはずなのに、才能のあるゴーディは感化される機会を看過しなかった。クズを見捨てて真人間になった。

書き溜めていた僕の詩は、行き場を失い紙クズになった。


「遅かったな、うんこか？」

池尻のいる場所へ戻ると、小学生じみた質問がきた。無視だ。

「アリクイさん、こいつがアザミ。ナルシストだから、鏡見ると長いんだ」

池尻がカウンターの向こうへ気さくに話しかける。フォローがフォローになっていない。僕は言い訳を考えつつ、池尻の話し相手を見た。

「のわっ」

そこにいた予期せぬ存在に、思わずギャグマンガみたいな声が出る。

全身に白い毛を生やした、ふわふわした生き物。その顔は鼻を引っ張って伸ばしたように細長く、瞳は碁石のごとくにつやつやと黒い。指先には鋭い爪が弧を描いて生えていて、胸から腰にかけてはエプロンに似た茶色い模様がある。

僕の脳内を検索した限り、これはシロクマのぬいぐるみだ。尻尾がねずみのように長いのが気になるけれど、どちらにせよなにかをデフォルメした人形だろう。

「ずいぶんでかいぬいぐるみだな。一種の客寄せパンダか？」

「いえ、アリクイです」

男の声が聞こえたけれど、周囲にそれを言ったと思しき人物がいない。

「アザミ、このアリクイさんが俺らのハンコ彫ってくれるってさ。アリクイさんってアリクイのハンコ職人なんだぜ。マジやばくね？」

「え……？」

僕が驚いたのは、池尻に対してだ。こいつクズをこじらせてとうとう頭がおかしくなったのか？　親友がぬいぐるみに話しかければ、誰だってそう感じるだろう。

しかし次の瞬間、僕は自分の頭のほうを怪しむことになる。

「どうも、店主の有久井です」

ぺこりと頭を下げたぬいぐるみは、明らかにおっさんの声でしゃべった。

「先ほど池尻さんからお話をうかがいました。うちの印章はすべて手彫りなので、今日お渡しすることはできません。ですが一週間ほどお時間をいただければ、おふたりの門出にふさわしいものをご用意できると思います」

ぬいぐるみが、僕の目の前で流暢《りゅうちょう》な言葉を発する。

「アリクイさん。それ、なんか俺たちが結婚するみたいっす」

池尻がぬいぐるみにツッコんだ。『アリクイさん』が、これは失敬とでも言うように、肉厚の耳をぱたりと伏せる。

どういうことだ？　このぬいぐるみ、中におっさんが入ってるのか？

いや、きぐるみにしては小さいし、毛や爪のディティールが精密すぎる。ハリウッドのＳＦＸを総結集したならありえる話だけれど、メガホンを持ったスピルバーグの姿は見当たらない。

そもそも『アリクイさん』と言うくらいだから、このふわふわは本物のアリクイかもしれない。じゃあ映画の『アバター』みたいに、アリクイの体におっさんの脳をリンクさせているのか？　ヒアリ星人とでも戦う気か？

わけがわからず立ち尽くしていると、チンとベルの音が聞こえた。

「ピザトーストです。熱いのでお気をつけください」

アリクイさんの短い手が、池尻の前に皿を置く。

「やべ。ガチでうまそうなんだけど」

焼けたチーズの匂いに、池尻が鼻をひくつかせた。

「確かに……って、ナポリタン頼むんじゃないのかよ！」

「ナポリタンも頼んであるさ。向こうで宮前が食ってるのが見えて、スゲェ食いたくなったんだよ。ピザトーストって、あんまファミレスになくね？」

こいつの未来は絶対ふとっちょバーンだ。三十五歳のメタボ中年だ。

「つーかいつまでも突っ立ってないで、座って落ち着けよアザミ」

池尻に諭されたのは納得いかないけれど、もっともではある。

僕は椅子に腰掛け、目の前にあったコップを手に取った。水を飲みながら、じっくりとカウンターの向こうを見る。

得体《えたい》の知れないアリクイさんは、厨房を往復してナポリタンを作っていた。ときに台の上に乗って棚に手を伸ばし、ときに短い手で器用にピーマンを刻んで。

その立ち居振る舞いにぎこちなさはない。毛のエプロン模様も相まって、本当に喫茶店のマスターみたいだ。

「なあ、僕は勉強のしすぎで幻覚を見ているのか？」

声をひそめて尋ねると、「おもしろいギャグだな」と池尻が笑う。

「いいか、アザミ。ここは『異世界』なんだよ」

「『異世界』？」

「そうだ。おまえの好きな映画で言えば、『ハリー・ポッター』や『ロードオブザリング』の世界さ。魔法があったり、ドラゴンがいたり、エルフやホビットみたいな種族が存在するあれだ」

まともに取り合うのも馬鹿らしいので、僕は「はあ」とだけ返す。

「本当だぞ。アザミ、カウンターの端を見てみろ」

言われて見ると、僕たちが座る席の延長線、店の一番奥のカウンターにノートパソコンが置いてあった。その正面に座って眠たげに作業をしている生き物は、信じられないことにどう見てもカピバラだ。

「ネズミがマウスをいじっているだと……？」

「ウケるだろ？　でもかぴおさんはれっきとした職人らしい。スタンプ印のデザイナーだそうだ。ある意味ドラゴンよりレア度高いだろ。ちなみに」

今度は入り口を入って右手の一番奥、窓際のテーブルをあごで指す池尻。その席には古めかしいタイプライターが置かれていて、そこで一羽のハトが一心不乱に首を振っている。

「あっちのハトは小説家だとさ。ブンシバトって言うらしい。まあリョコウバトってのがいたくらいだし、カピバラに比べればインパクトはないな」

そこでハトがチンとタイプライターのベルを鳴らす。まるで僕たちの話を聞いていて、抗議するかのようなタイミングで。

「そして極めつけが宇佐《うさ》さんだ。アザミ、彼女のケツを見てみろ。エロいことを一切考えずにだ」

それが女神の名前らしい。宇佐さんって名前までかわいすぎる。

それはさておき清い心で彼女の尻を見つめてみると、そこに付着していた丸い尾がひょこひょこと動いた。

「宇佐さんは『はんぶんウサギ』だ。人とウサギの遺伝子を持った存在なんだよ。ワーウルフとかケンタウロスみたいなもんだ」

「みたいなもんって言われてもな。僕の住む世界に、狼男《おおかみおとこ》や半人半馬の生き物は存在しない」

「そうさ。しゃべるアリクイやカピバラだっていない。それがいるってことは異世界だろ？　この店のドアは、ふたつの異なる世界を結ぶ魔法の扉なんだよ。キングスナイト駅の9と四分の六番線ってやつだ」

「色々間違ってるが、受験生なんだから約分はしろ」

「だまれツッコミメガネ！　俺は文系だ！」

僕だって文系なわけだが。なんなんだこいつのメガネコンプレックスは。

「なんにでも意味を求めるのは人間の悪い癖さ。僕は音楽を聴くように毎日を生きている。『説明できないけれど、いいものはいい』。そんな風にね」

誰かがぼそりとつぶやいた。それとなく声のしたほうを見たけれど、そこには眠たげな目をしたカピバラしかいない。

「……まあいいさ。ひとまずここは異世界だと考えよう」

「お？　やけにあっさり納得したな」

納得なんてしていない。異世界なんてあるわけない。

僕たちはなんだって否定する。口を開けばめんどくせぇしか言わない。でもさっき勢いでバイトを決めたとき、レールの切り替え機がガチャンと動いたような気がしたのだ。もちろん僕がそう感じただけだけれど、それでも気づくことができた。

「音楽を聴くのと同じさ。理屈をつけてなにかを否定しても、自分はなにも変わらない。新しい価値観を受け入れることでのみ、人は自分を変えることができるんだ」

「またクズ名言出たぞ。今日は冴《さ》えてるなアザミ」

そのとき、ふっと視線を感じた。

振り返ると、テーブル席でクリームソーダを飲んでいる女の子が、びっくりしたように目を大きくして僕を見ている。まずい。軽くパクったのがバレたか。

「と、ともかくここは異世界でいい。ちょっと地味だけどな」

小声で池尻にささやき、店内の様子をうかがった。

クリームソーダの女の子と宮前カップルのほかには、スーツ姿のおねえさんや親子連れがコーヒーを飲んでいる。支払いをしている客も見えたけれど、財布からどんぐりや落ち葉が出てくることもない。

ここはアリクイさんたちの存在以外、現実とまったく変わらない世界だ。というかたぶん現実だ。

だがファンタジーとリアリティの境目がない。まるでジブリの映画みたいに、人と獣が景観に溶け込んでいる。

異なる価値観を受け入れることは簡単じゃない。でも宮前だってどうにか折り合いをつけたからここにいるのだろう。落としどころは異世界でも絵本の中でもなんだっていい。理屈をつけてなにかを否定しても、自分はなにも変わらない。

だから、僕は目の前の光景を受け入れる。

けれど、確かめたいことはあった。

「あの、ふたつ質問していいですか？」

カウンターにフォークを並べていた宇佐さんを呼び止める。

「はいはい。彼氏の有無とか、年齢に関すること以外でしたらどうぞー」

「質問を終わります」

「アザミ、おまえほんとブレないな……」

池尻が呆れたところで、食欲を刺激する匂いが漂ってきた。

「お待たせしました。ナポリタンです」

アリクイさんがうんしょと背伸びしながら、カウンターに湯気の立つ皿を置く。

こんもり盛られた赤いスパゲティの隙間《すきま》に、くたくたのタマネギとピーマンが見えた。ほかに「昔ながらの」と言わんばかりの、油をまとった薄切りのソーセージも入っている。

パスタがドラゴンのヒゲでできているなんてことはない。皿と一緒に置かれた粉チーズも、黄色い蓋《ふた》で緑色の容器に入ったあれ。

アリクイさんが池尻の前に置いたそれは、実直と言ってもいいくらいの、現実味あふれたナポリタンだった。

「やっべ。マジやっべこれ。俺の歴代一位だった、『本格カピバラナポリタン』軽く超えてった！」

池尻がぎゃあぎゃあ騒ぎながら、赤いスパゲティをずるずるすすっている。

冷凍食品を引き合いに出すのはどうかと思うけれど、うまそうな食べっぷりを見て腹が鳴った。そう言えば、僕はなにも注文していない。

でも、ナポリタンは好きじゃなかった。数あるパスタ料理の中でも、メイドインジャパンのこれだけがちゅるりと麵《めん》をすすれないし、脂っこくて胸焼けする。なんて、いつものくせで否定から入ってしまったけれど、ナポリタンは小学校の給食において、カレーや唐揚げと一、二を争う人気メニューだ。いつの間にか疎遠になってしまったけれど、僕もかつては好物だった。

ナポリタンが変わったわけじゃない。ナポリタンはずっとナポリタンのままだ。僕たちの関係が変わった原因は、きっと僕のほうにある。

そう考えた瞬間、反射的に宮前のほうを見てしまった。

「僕もナポリタンを！」

自分に苛《いら》立《だ》ちを感じ、八つ当たりのようにオーダーする。

すると、アリクイさんから予期せぬ答えが返ってきた。

「すみません。今日はもう材料が切れてしまいまして」

ぺこりと頭を下げるアリクイさん。その愛らしさに、ちょっときゅんとなる。

いやきゅんとなるじゃない。黙れ内なる乙女。

「クソうめぇ。無限に食えるこれ……おい、なんだよアザミ」

僕は猛烈な勢いでナポリタンをかっ食らっている、池尻の腕を取った。

「ひとくちくれ」

「嫌だね。アザミは『ひとくち』の重みをわかっていない」

「なんだそれ。大盛りなんだから別にいいだろ」

「おまえは借りたトイレを返したことがあるか？　ないだろう。他人の物を借りるってのは、本来業《ごう》を背負うに等しい行為だ。なのに世の中には、それがあたかも意味を持たないことのように、気軽に人んちのトイレを借りたり、ひとくちくれなんて言うやつがいる。『トイレは減るもんじゃないからいいだろ』？　減るんだよ！　相手に対して1ミリ幻滅すんだよ！　『大盛りだからいいだろ』？　いいわけあるか！　たくさん食いたいから大盛り頼んでんだよ！」

どうしちゃったんだよ池尻とは言えなかった。こいつめんどくせぇとも思わなかった。僕は『幻滅』という言葉にのしかかられて、心の中でぜいぜい喘《あえ》いでいた。

「アザミ、俺はおまえに、相手を思いやる気持ちを知ってほしい」

ふいに真顔になった池尻を見て僕は目をそらす。口元に保身の笑いを準備する。

「というわけで……宇佐さんすいませーん。シェアしたいんで、皿もう一枚もらっていいですか？」

「女子かよ！」

僕は人知れず安堵のため息をはいた。一瞬でも、「また幻滅された」とおびえた自分が情けない。

池尻と宮前は違う。こいつには僕を見捨てる「才能」なんてない。

しかし動揺があったせいか、その後に分けてもらったナポリタンの味はよくわからなかった。味覚は感情の影響を受ける。また別の日にでも食いにこよう。

「一般的にハンコは、実印、銀行印、認め印と三種類あります」

食後にサービスだというコーヒーを入れてもらい、アリクイさんとハンコの製作について打ち合わせをした。ざわついた心も落ち着いたようで、ファミレスで飲むコーヒーの万倍うまいと感じる。ちなみに池尻はほうじ茶ラテを頼んだ。女子か。

「銀行口座の開設に必要なのは銀行印ですが、これは銀行届出印と言いまして、基本的には本人確認の代わりになるものです。普段の取り引きにキャッシュカードを使う場合は、使用頻度はそれほど高くないと思います」

「つまり、最初の一回しか押さないってことっすか」

池尻の質問に、アリクイさんが時間をかけてゆっくりとうなずいた。『断言はできないけれど、きみたちは学生さんだからたぶん……』という自信なさげな肯定。なんだこの歩く萌《も》えポイント。

「本来なら偽造や摩耗といったリスクを避けるために、三種の印は別々に用意すべきです。でもおふたりは学生さんで初めてのハンコということもありますし、認め印としても使えるように、可読性の高い字体で作るとよいかと」

アリクイさんがメニューを開き、書体のサンプルを見せてくれた。とりあえず学生からぼったくろうという気はないらしい。

「これ、怖い話系の番組とかで使われるフォントっぽくね？」

「古印体ですね。パソコンやテレビの画面で見るのと、ハンコはまた別です。実際はおどろおどろしい雰囲気よりも、筆文字の墨だまりに独特の美しさを感じられる書体だと思います」

アリクイさんが紙にさらさらと書いた古印体の「池尻」は、なるほど確かに書画のような個性を感じる。それはいいとして、僕はひとつ気がかりがあった。

「あのさ、池尻」

「なんだアザミ」

「その辺で売ってない姓の僕はともかく、おまえまでハンコを作る必要ないんじゃないか？　そんなに安い買い物じゃないだろうし」

なんとなく、それだけは言っておかなければならない気がした。クズたる僕らにノリと勢いは重要だけれど、無駄にお金を使う必要はない。

アリクイさんを見ると、ふっと目をそらされた。まあ立場上、「そうですね」とは言えないだろう。ちょっと話しただけだけど、この人柄だと「作るべきです」とゴリ押しもできないタイプだ。

だから目下のアリクイさんは、困ったようにカウンターの端を爪でこりこり削っている。この仕草はやばい。男の僕ですら「キュン死」という言葉が頭をよぎるくらいだから、勘違いして「結婚する」とか言い出すおねえさんもいるんじゃないか。

「ばっか、なに言ってんだよアザミ。俺たちは一緒に線路の上を歩くんだろ。話に水を差すより油を差せ。ウェーイ」

「……だな。ウェーイ」

まあ池尻の懐具合を心配しただけで他意はない。アリクイさんもそれを察してくれたようで、安くてよい印材を勧めてくれる。おかげで僕たちは、ノリと勢いを殺すことなくハンコを注文できた。

その代わり、当初の目的だった宮前の彼女観察をすっかり忘れていた。

思い出したときにはすでにベッドの中だったので、本当に異世界で魔法をかけられた気分だったと、後の僕は回想するだろう。

一週間後。僕たちはうだつを上げたまま、有久井印房でハンコを受け取った。

「うお、意外と重いなハンコ。柘材《つげざい》つったっけ？」

池尻と同じ感想を僕も持った。思えばハンコを押した記憶なんて、それほど多くない。印象的なのは町内会のラジオ体操で当番に任命されたときくらいだ。あのときのハンコは親に借りたものだったけれど、印材が軽く印面のあちこちが欠けていて、子どもたちのカードに押しにくかったのを覚えている。

それに比べると、アリクイさんのハンコには重みがあった。なんだか素材の重量以上のものが詰まっているような手応えがある。

「どうぞ。試し押ししてください」

アリクイさんのふっさりした手が、丸いケースに入った朱肉とコピー用紙をカウンターの上に置いた。

「うお、朱肉スゲェ赤い」

池尻がケースのふたを開けておののいている。確かによく見るスポンジのあれに比べると、朱色というより赤に近い。

「練り朱肉です。いわゆる赤に近いものなのですね」

「そういや昔から疑問だったんですけど、なんでハンコって赤いんすかね」

「赤でなければいけないという決まりはありません。朱肉のことを中国では印泥《いんでい》と呼ぶように、元々は泥を使っていたという説もあります。実際、江戸時代において庶民の印鑑は黒でした。ハンコに赤を使うようになったのは、縁起がよいからとされていますね。神社の鳥居と同じです」

そのときふと、店内にいた客のひとりがこちらを向いた。

中学生くらいの女の子だ。以前にも見た気がする。鳥居が好きなんだろうか。

「じゃあ俺、朱肉で髪の毛染めようかな。合格祈願的な意味で」

「やっと金髪に見慣れたんだからやめてくれ」

そんな風に池尻をあしらったあと、ふと思った。

「というか、むしろ僕が赤くする。合格したら」

池尻の金髪やもじゃもじゃのもじゃもじゃもじゃに感化されたわけじゃないけれど、人生で一度くらいは奇抜な髪にするのも悪くない。赤髪女性が主人公の、『ランローラン』も好きな映画だし、アリクイさんが言ったみたいに赤は縁起のいい色だ。

「なんだよアザミ。大学デビューか？」

「そんなんじゃない……こともないかな。イメージは脱庶民だ」

「あんまり奇抜な頭だとウェイウェイできないぞ」

「代わりにガバガバへイできるかもしれない」

「なんだそりゃ」

「あの、試し押しは……」

アリクイさんにさーせんと謝り、僕たちはぐいっとハンコを押した。

「おお……なんか、偉くなった気分だ」

「うん。大人になったと言うか、一皮むけた気がする」

紙に押された「字箕」は、それを押した本人よりも堂々としていた。けれどなんというか、立派すぎて落ち着かない気もする。朱肉の赤も借り物みたいだ。

「おふたりの大学合格を祈っています。勉強もバイトもがんばってくださいね」

アリクイさんと宇佐さんが、笑って僕らを送り出してくれた。

「いやー、いい買い物をしたなアザミ」

「そうだけど、なんか気後れしないか？　ちょっと身の丈に合ってないというか」

「そうか？　俺は全然そんなことないぞ」

いま思えば、この感覚の違いこそが、僕らの終わりの始まりだったのだろう。

4

自分が幸せだと思うことは、酒を飲むことに似ている。

この世界に永遠に続く幸福など存在しない。もしも人が幸せを感じたなら、それはやがて始まる不幸に耐えるため、脳がモルヒネを分泌しているだけだ。

不幸はあざなえる縄のごとく、いつだって幸せの裏側に潜んでいる。それが映画の話だけではないことに、僕は気づいていながら酔っ払っていた。

クズが分不相応を求めたこの夏、僕と池尻には以下のイベントが起こった。

・ふたりともバイトを始めた
・ふたりとも成績が上がった
・池尻が受験をやめた
・僕がバイトを辞めた

バイトを始めて気づいたのは、ファミレスでは案外とフルタイムで働く人が少ないということだ。がっつり金を稼ぎたい人よりも、空いた時間を切り売りする学生や主婦が多い。

彼らとともに働いて、僕らはいままでいかに時間を無駄にしていたかを理解した。たとえば二時間働いて得たお金で二時間映画を見るのと、四時間無料のスマホゲームを遊ぶのは、どちらも意義があれば有意義だ。

けれどそのトートロジー通り、目的がなければどんな時間も無意味と言える。いままで「楽」を過ごしていた僕たちは、その時間を有意義に感じていたわけじゃない。時間を金額に換算すれば、この時点で大きくマイナスだ。

けれど、もっと恐ろしいことがある。

予備校の授業料を一コマ九十分換算すると、おおよそ三千円。僕らが九十分働いて得られる金額は、その半分の千五百円。一日の授業は少なくても二コマある。

ぞっとしたなんてもんじゃない。感覚的に言うならば、僕らは毎日喫煙所で、五千円札に火をつけて遊んでいたようなものだ。

なにもしないと損をすることに気づいた僕らは、焦ることに情熱を注いだ。細切れの時間に英単語アプリを眺め、動かせない時間、つまりは講義の理解効率を高めるため、毎日有久井印房で予習復習を欠かさずやった。

逆に言えば、いままでそれすらやっていなかったのだ。

当然、地の底だった成績はみるみる上がる。

こうなってくると詰め込むだけの受験勉強も楽しい。おまけに宇佐さんはいつ見てもかわいくて、アリクイさんも眺めるだけで癒《い》やされる。ナポリタンも毎日食っても飽きないし、コーヒーもドリンクバーのものは飲めなくなった。

僕は有久井印房で、詩を書くひまも惜しんで勉強した。

その結果、八月第一週の模試で、僕らは志望校に対する「C」判定を得た。それを勝利という気はないけれど、いままでずっと「E」だったことを考えると、「敗者のメンタリティ」からは確実に脱したと思う。

手応えを得た僕らの状態は池尻いわく、

「俺たちは『自信』という、全能力がアップするアビリティを入手したんだよ！」

ということらしい。確かに底の知れない万能感があった。宇佐さんをデートに誘ったら、オーケーがもらえそうな気さえした。

まあ気がするだけで玉砕は目に見えていたので、実際に誘ったのはバイト先の女の子たちだ。プールで彼女たちとウェイウェイするより、その後に池尻とラーメン食いながらした反省会のほうが楽しかったけれど。

そんな無敵の僕らの噂を聞きつけたのか、ある日バイトに行くと、二浪パイセンが面接を受けていた。志望動機として『うだつを上げたい』なんて言っていたので、僕らは爆笑しつつパイセンをこき使った。

その後に予備校で会うと、

『おまえらいいモチベーターだよな、ほんと』

と、二浪パイセンはどこから目線かわからない発言をして、また僕らの腹筋をよじれさせた。

日々は好日だった。池尻の目論見通り僕らは勉強するようになったし、バイトに行けば目の保養もできた。クズの浪人生でも、彼女はいなくても、充実した毎日は間違いなく「楽しい」だった。バカっぽいけど僕たちは「最強」だった。

このままいけば、来年はどこかの大学に入れるだろう。そうなったら僕は、池尻とバンドを始めるつもりだ。もう高校時代のように宮前に気後れする必要はない。「失敗しないためにギターの練習をしない」という消極的な選択をしなくていい。ルサンチマンだった僕は、池尻のおかげでかくも生まれ変わった。

まあ池尻にはまだ「バンドやろうぜ」とは言ってないけれど。それは女の子に告白するより勇気がいるし。

ともかく、僕たちが新たに歩き始めたこのレールは、宮前といた高校生の頃のように楽しい物語だった。掃きだめでくすぶっていた頃には見えなかった目的地が、寄り道をしたら意外と近くにあった感じだ。

だから、なにがいけなかったのかよくわからない。

八月が終わる頃、僕はまた置き去りにされた。

僕らのバイトが終了する時期に、池尻が受験をやめると言い出したのだ。

せっかく成績も上がったのになに言ってんだと非難すると、勉強よりも大切なことを見つけたんだと返ってくる。

『俺はアザミほど成績が上がったわけじゃない。向いてないんだよ、勉強。そんな俺が無理に大学に入って、なんの意味がある？』

成績はまだ伸びる。人生の目的はこれから見つけるんだ。とりあえず大学入って一緒にバンドやろうぜと、僕はどさくさに紛れて告白した。

池尻は冷笑した。

『それは楽しいじゃなくて楽だ。そういうのを世間はクズ大学生って言うんだよ。俺はもう時間を浪費したくない。バイトをしてみてそのことがよくわかった。いまの俺は、働くことに喜びを感じるんだよ』

マジメかとツッコんだら、『俺たち来年は成人だぞ』と真顔で言われた。

池尻は、僕と過ごす時間を無駄だと断定した。それどころか、かつて一緒に過ごした時間も、『浪費』と切り捨てた。「楽しかったあの頃」というように、友情を物語として切り取ることすらしなかった。

僕はバイトを辞めた。女の子の制服も十分見たから未練はない。なにかを得ようとすれば別のなにかを失う。人生のトレードオフは絶対だ。

僕には宮前のような音楽的才能もない。池尻のように人を引きつける魅力もない。僕はなにも持っていないのに、あいつらとの友情を望んだ。代わりに差し出すものがないから、友情そのものを失った。

僕は身の丈に合わない「楽しい」を過ごしたのだ。あいつらが「一過性の友人」でいてくれただけでありがたい。そう思わなければならない。

なにもない僕は、傷つく資格も持っていないのだから。

5

秋風の中でロンリネス　たばこをくわえてどうもです
ここは小さな予備校の　陽の当たらない喫煙所
スマホを見つめて時間をつぶし　対岸の火事を斜め読む
ご存じなつかし掃きだめです
僕こそがクズの見本です

「彼、アニメとか詳しいから話合うんだよね」

二浪パイセンが、ドクターペッパーくさいゲップをしながら言った。もう十月になったけれど、こいつはまだファミレスでバイトをしているらしい。

「別に聞いてねぇす」

また戻ってきた掃きだめの喫煙所。コンクリートの床は尻が冷たい。缶コーヒーはクソほどまずい。おまけに気色悪いパイセンにマンマークされて、僕の日々は最悪だった。本棚の裏に落ち込んだ画鋲《がびょう》のほうが、まだ人生を謳歌《おうか》していると思う。

「『借りたトイレを返すヤツはいない』とかちょっとウケたよ。でも彼、最近あんまりバイトこなくて、ボクは心配しているのだった」

「だから聞いてねぇす」

返しながら、池尻はそんな話までしたのかと心がやさぐれた。というかあいつ、なんでバイトサボってんだ？　労働の喜びに目覚めたんじゃなかったのかよ。

「それ正直ベースで言ってるヒト？　彼、おまえのこと心配してると思うし。おまえが最近全然勉強してないって、ボク彼に言っといたから」

「余計なことすんのも、『おまえ』って呼ぶのも、やめてもらっていいすか」

「あのさぁ、この世で一番かっこ悪いのはふてくされる男」

こいつにまで見透かされているのかと、一瞬愕然となる。

「……って、琴葉野《ことばの》彩華《あやか》って占い師が言ってた、って兄者が言ってた」

「伝聞すぎだろ！」

「ナイスツッコミ。おまえ、がんばれよ。うだつ、上げていこうぜ？」

二浪パイセンがぐふふと笑って親指を立てる。ぶん殴りたかった。でもそれじゃ本当に自分がふてくされているみたいだと思い直す。

「ところでボクの名前、鷺沼《さぎぬま》だから。あとボク、これからバイトだから」

カレーパンをかじりながらパイセンが去っていく。僕はその背中に向けて中指を立て、「三浪しろ」と呪詛《じゅそ》を吐きつけた。

人のいなくなった喫煙所を、十月の風が吹き抜けていく。手の中でぬるくなった缶コーヒーが、電車で老婆に席を譲ろうと立ち上がったのに断られたやつみたいに、所在なく僕を見返していた。

「最初から立たなきゃよかったんだよ！」

投げつけた缶はゴミ箱に入らず、辺りに黒い中身をまき散らした。

そんなみじめな僕の様子を、電線に留まった一羽のハトが見ている。

「掃きだめにハトかよ……」

僕は自分を冷笑した。


昨日の夜、原付で国道を走った。

めいっぱいスピードを上げて、大声でレイジの『ゲリラレディオ』を歌って、無人の夜を無軌道に無防備にぶっ飛ばした。

でも、楽しくないし楽でもなかった。昔の邦画でよくあるシーンだけれど、実際やってみるとあれは青春じゃない。ただの変な人の移動だ。暴走行為はひとりでするものじゃないし、原付の法定速度も音速の青年期《ソニックユース》というにはほど遠い。だから今日は、秋風が吹く夕暮れ時に見晴用水沿いを歩いている。けどこれも青春じゃなかった。ただのセンチメンタルな移動だ。さっきから僕の頭の中では、ベン・E・キングが歌っている。ダーリンダーリンそばにいてと、内なる乙女をすすり泣かせている。

あの「最強の夏」は、僕にとってのモルヒネだった。遅かれ早かれ孤独がやってくることはわかっていた。

『結婚すると、ジョン・レノンよりポール・マッカートニーを好むようになる』

そんなセリフが『バニラスカイ』という映画にある。人は変わる。大切に思っていたものを突然嫌いになる。いつまでも続く友情なんてこの世界に存在しない。『スタンドバイミー』だって最後はみんなバラバラだ。

それがわかっていたから、僕はひとりじゃない夏に最後の物語を切望した。

ただそれだけの話なのだ。ただそれだけの。

「あの」

突然の声にうつむいていた顔を上げる。髪の毛をふたつ結びにした女の子が、なんだか泣きそうな顔で立っていた。

「最近、アリクイさんのお店にきませんね」

「えっ？　……ああ、クリームソーダの」

夏に有久井印房でよく見かけた女の子だった。あの頃は私服だったので、制服を着ているると印象が違う。この辺りの学校でもなさそうだ。

「どうして、こなくなっちゃったんですか？」

「ああ……うん。ちょっとね。色々あったんだ」

中学生相手に愚痴ることでもないし、説明するのもめんどくさかった。

「か、彼女とかですかっ？」

「え？　いや全然違うけど」

そこで「やたっ！」と声が聞こえた。目の前の女の子ではなく、電柱に隠れてこちらを見ているふたり組の女の子から。あの制服は地元だ。というか我が母校だ。

「あのっ、もし悩み事があるなら、アリクイさんいいですよっ。ぬいぐるみに話すみたいな感じですからっ。意外と低反発ですからっ」

僕の内なる乙女が一瞬きゅんとなる。でも僕は悩んでいるわけじゃない。単にむしゃくしゃしているだけだ。自分に。

「そうだね。またそのうち顔を出すよ。ナポリタンも食べたいし」

「わたし、最初はアザミさんと池尻さんのこと嫌いでした。声、おっきいから。あと下品だし」

いきなりの糾弾に声を失う。

「ご、ごめん。だったら僕はもう店には——」

「でもっ、悔しいけど何度も笑わされてって、そのうち聞くのが楽しくなって、ふたりが勉強している間はわたしもがんばって勉強してって、おかげで転校先の中学でも勉強についていけてますっ。自信が持てて、友だちとも仲直りできましたっ」

「……よかったね。きっと次は宝くじが当たって彼氏ができるよ」

これほど気の利かない返しもない。でもいまの僕は、あの頃とは違う。

「そういうのは、まだ早いです……」

女の子がもじもじと、消え入りそうな声でつぶやいた。

「見てるだけで、いいんです。神様にお参りするのと、同じです」

「神様？」

「かっ、髪の毛、赤くできるといいですねっ」

その言葉を最後に、女の子は猛烈な勢いで走り去った。電柱の女の子たちが、慌ててあとを追っていく。

「名前、聞き損ねちゃったな」

でも、それでいいのかもしれない。彼女の最後の言葉は明らかな励ましだった。言い換えるなら「受験がんばってください」だ。

けれど僕にはその応援を受ける資格がない。あれから勉強に身が入らない。たぶん今年も失敗するだろう。僕も二浪パイセンだ。まあそうなったら、もう受験自体しなくなるだろうけれど。

「最後にナポリタン、食っとくか」

言霊《ことだま》と言うのだろうか。さっき口に出してから、あのナポリタンの味がするナポリタンが食べたくてしかたがない。

そのまま用水沿いを進んで、有久井印房を目指す。

久しぶりのドアを開けると、懐かしいコーヒーの香りがした。

「いらっしゃい、アザミくん」

アリクイさんはいつものように出迎えてくれた。心配していたとも、久しぶりとも言わない。それが妙に心地いい。

休みなのか宇佐さんがいないのは残念だけれど、それでもこの店にくると安心感があった。まだ自分の居場所があるように錯覚できた。

「アザミって……」

カウンターに座っていた客のひとりが振り返る。

それが誰かは――池尻でないことは――振り返る前にわかった。

「うお、マジ久しぶり！　アザミ、元気？」

もじゃもじゃ頭の旧友が、僕の顔を見てぱっと笑顔になる。

「おう、元気さ。宮前は相変わらずもじゃってるな」

不思議な感覚だった。僕たちを見捨てたくせに、宮前は悪びれもせず本当に嬉しそうに笑っている。僕もその笑顔を見て、まるでわだかまりがなかったように、再会を喜んでいる。

「勉強どうだ？　あと数ヶ月だろ。でも長いな、一年。アザミと池尻に話したいことがたくさんあるよ。受かったらパーッとお祝いしような」

「なんだその僕に会いたくて我慢してるみたいな演技は」

「ひってぇ。我慢っつーか、気は遣ってるよ。アザミだってそうしてくれただろ。俺が受験の時に」

「……おまえ、そういう解釈してんの？」

ここにきてカチンときた。犬みたいに人なつこい顔をしていても、言葉までそうとは限らない。それまで毎日会っていたのに、音大の受験を決意したときから顔も見せなくなったのは宮前だ。

「あ、アザミくん、ナポリタンでいいかな？」

視界の端でなにかふさふさしたものがわたわた動いている。しかしそんなことはどうでもいい。

「さすが、天下の音大生さまは違うな。下々のものにもお優しい」

「なんだよ下々って。一年浪人するくらい普通だろ？　卑屈になるなよ」

「卑屈じゃねーよ。僕はクズの脇役だ。おまえは主役のエリートだ。最初から歩いてるレールが違うんだよ。髪だって、印鑑だって、僕は真っ黒だ」

「意味わかんねぇよ。高校三年間、ずっと三人でつるんでたじゃんか」

「そんだけだろ。寿命を考えたら八十分の三だ。たったそんだけ同じ時間を過ごしたくらいで、いつまでも友だちヅラすんな。おまえはクズじゃねーんだよ！」

泣く演技をした役者は、カメラが止まっても感極まって涙を流し続ける。スクリーンで見ているだけの人間は、役者個人の感情になど思いを馳《は》せない。

「……またそれか」

宮前がため息をついて頭をもじゃもじゃした。

「また？　またってなんだよ」

「アザミくん、ケーキもあるよ。宇佐ちゃんの分だけど、モカロールもあるよ」

カウンターの上に次々とスイーツの皿が並ぶ。

「アザミ、ただの八つ当たりなら俺は気にしないよ。そうじゃないなら、なにがあったか言ってくれ。池尻はどうした？」

「知るかよ。一年前の僕に聞け」

「聞いたらまた同じこと言うんだろ。『クズと一緒にいるとダメになる』って」

さっきからまたまたうるせぇと言おうとした瞬間、チーンとゴングのような音でハトのタイプライターが鳴った。ふっと力が抜ける。

「アザミくん」

アリクイさんがカウンターの中で背伸びして、セコンドのように僕を見上げた。

「池尻くんがうちにきたのは、きみと一緒のときが初めてじゃないんだ」

「……え」

「最初は高校生の頃に、大良《だいら》くんとふたりできたんだよ。池尻くんがしていた『大事な話』の内容は、ぼくには聞こえなかったけどね」

大良は宮前の下の名前だ。宮前のほうを見ると、もじゃもじゃが二度揺れる。

「池尻に言われたんだ。俺の受験が終わるまで、池尻やアザミとは会わないほうがいいって」

「池尻が……？　あいつがそう言ったのか？」

「言ったよ。『やる気はクズにはまぶしすぎる。俺たちは無意識に嫉妬して、必ずおまえの邪魔をする』って。俺が大げさだって返したら、『クズなめんな』ってスゲェ怒られたよ」

話が頭の中でまとまらない。焦りで感情だけが昂ぶっていく。

「そんでまあ、俺はなんとか大学に受かったけど、今度はアザミと池尻がしんどい立場になったろ？　だから俺は待ってるよ。ベースはまだ買ってないけど、ギターでベースのまねごとはしてる」

宮前は夢中になると周りが見えないタイプだった。授業中になにかブツブツ言い始めたと思ったら、突然教室を出て音楽室でピアノを弾きだしたこともある。

だから僕は、宮前がずっと夢中なのだと思っていた。本気で音楽と向き合っているから、僕たちが見えないんだと思っていた。

そのこと自体は構わない。僕は友人として宮前の選択を尊重する。そう思っていたけれど、自分たちが裏切られた、見捨てられたという気持ちはぬぐえなかった。

　それは、確実に嫉妬からきている。

　僕は自分の無力を棚に上げ、宮前は友情よりも将来を取ったゲス野郎と見なして溜《りゅう》飲《いん》を下げていた。敗者のメンタリティで予防線を張っていた。だから宮前が彼女と歩いているのを見たときは、それ見たことかと鬼の首を取った気分だった。

　なのにそのすべてが同類《クズ》の池尻による示唆だったなんて、僕はいったいどんな顔をすればいい？

「あの日、アザミくんがトイレに入っている間に、ぼくも池尻くんに言ったんだ。きみの姓のハンコなら、向かいの一寸堂《いっすんどう》さんで安く買えるよって。どうぞ」

　アリクイさんが静かにコーヒーのカップを置いた。

　一寸堂は昔ながらの文房具屋だ。あのときアリクイさんはハンコの製作を勧めも断りもしないと思っていたけれど、実際は断っていたらしい。

「ハンコは就職とか、結婚とか、住宅や車の購入、つまりは人生の節目になるときに作るものなんだ。池尻くんにもそう言ったら、彼は首を横に振って、『アザミはともかく、俺は節目にします』って言ったんだよ」

「節目って、それじゃまるで……」

　バイトをする前から、受験をやめると決めていたみたいじゃないか。自分が労働の喜びに目覚めることが、前もってわかっていたみたいじゃないか。

「アザミ。それってひょっとして、俺のときと同じパターンじゃないか？」

「僕に嫉妬して足を引っ張らないために、池尻は自ら身を引いたって言うのか？」

もじゃもじゃ頭が、たぶんとうなずく。

「バカ言うな。僕には宮前みたいな才能なんてない。詩がいいなんて言ったら、そのもじゃもじゃにハトの小説家を住まわせるぞ」

「たまに泊めてあげてるよ。それにアザミの詩を俺は好きだし、ほかにも才能があることを知ってる。だってさ、アザミは現役時代に大学ひとつ受かってるだろ？」

「なんで……おい、誰に聞いた！」

それは池尻はおろか、親にすら言っていないことだった。

「個人テストが終わってヒマだったから、七月の初め頃に母校の部活に顔出したんだよ。そんとき顧問が言ってたんだ。『字箕はちゃんと勉強してるのか？　蹴った大学に入ったら笑うぞ』って」

軽音部の顧問はうちのクラス担任だった。義務だと言うことで、卒業前に受験の結果と進路の報告はしてある。

「俺のほかにもＯＢが遊びにきてたから、巡り巡って池尻の耳にも入ったかもしれない。あいつがそれをどう思ったかは、わかんないけどさ」

確かに僕は現役時代、奇跡的に大学に受かった。通ってもいいところではあったけれど、それよりも僕は池尻と浪人することを選んだ。

いつかくる物語の終わりを、僕は自分で幕引きしたくなかった。ほかのすべてを犠牲にしてでも、僕は池尻と同じレールを歩きたかった。

「あのとき池尻くんは、きみのことをこう紹介してくれたんだ。『アザミは誰よりも友だち思いなんです』って。とってもいい顔で。こういう感じの……」

アリクイさんが『いい顔』を再現してくれたけれど、さっぱりわからない。

「友情に報いるために身を引くって、池尻の考えそうなことだなあ。なんか恋人同士みたいだな、アザミと池尻」

からかうような宮前の顔を見て、僕は掃きだめでの会話を思い出した。

『でもさ、俺はアザミのいいところもいっぱい知ってるぜ？』

『なんでちょっと恋人みたいな言い方すんだよ！』

最悪だ。なんてこった。あいつは僕をホモだと思っている。しかもちょっと優しくしやがった。

「あの金髪クズ野郎！」

僕はその場で池尻に電話した。出ない。
店を飛び出してあいつの家に行った。いない。
自宅に帰って原付を飛ばし、心当たりを探したら、いた。
その後のことは恥ずかしいので、宮前にもアリクイさんにも言えない。

6

異世界じみた現実譚《げんじつたん》 予習復習ナポリタン
ここは有久井印房の 居心地のいい指定席
コーヒー片手に単語をすすり 問題出し合う金と赤
お待たせしましたザ・クズです
印泥チャートに乞《こ》うご期待

「あらまあお久しぶり。ふたりとも、河原で殴り合って友情を深めたみたいな顔ですね。アザミくんなんて頭からまで血を出しちゃって」

頬を腫《は》らした池尻の顔と僕の頭髪を見て、久しぶりの宇佐さんが笑う。

「やだなあ。いまどきそんなことするやついませんよ」

僕は大げさに肩をすくめてみせた。おいおい、冗談きついぜハニー。僕と言えば平和主義者がメガネをかけたような男だよ。そんなセリフを表情に乗せて。

「それなら、仲よく『階段で転んだ』ってところですか？」

宇佐さんはなにもかも見透かしたような顔で、テーブル席へ案内してくれた。たとえ来年大学生になっても、正直デートに誘える気はしない。というか一生無理だ。

軽く失恋した僕は、アリクイさんにナポリタンとコーヒーを注文した。

池尻は同じオーダーをほうじ茶ラテに替える。最近こいつが女子っぽいのは、いまさら太ることを気にし始めたのかもしれない。

それからしばらく、僕たちは無言で勉強した。

時折奥歯にじんと痛みがして、集中がそがれる。

前を見ると、池尻もごしごしと頬をこすっていた。

人をまともに殴ったのは初めてだった。もちろん殴られたのも。

壁を殴ったときと違い、拳の外側ではなく内側が痛い。


あの日、池尻は見晴用水奥の公園にいた。昔よく三人でいた場所だ。

鉄柵《てっさく》にもたれて貯水池を眺めていた池尻は、僕の原付の音に振り返った。目が合った。

映画みたいなセリフはなかった。

僕はいきなり殴りかかり、あっさりかわされて逆に頬をゴツンとやられた。

人は殴られると、痛みよりも怒りを覚える。いわゆる「キレる」という状態だ。だからその後のことはほとんど記憶にない。まあ僕も池尻も運動部になんて入っていなかったから、ものの五分でバテたと思う。

気がつくと夜の芝生に並んで寝転んでいた。秋風が傷口にしみる。けれど高揚感と肉体疲労が、なんとも言えず心地よい。

肩で息をしながら夜空を見上げていると、一羽のハトが木に留まって僕たちを見下ろしていた。あの無表情はなにを考えているのだろう？　殴り合う人間をアホだと思っているようにも見えるし、昔を懐かしむ老人に似た雰囲気もある。

「青春しちまったな、アザミ」

「満足か池尻？　僕はかわいい女の子と青春したかった」

「そんな予防線張らなくていい。おまえが男を好きなことは知ってる」

おいと体を起こそうとしたけれど、かすかにあごが持ち上がっただけだった。

「冗談だよ。アザミなら、ちゃんと大学でウェイウェイできるさ。勉強がんばれよ」

「池尻、おまえはクズだ」

「知ってる」

「僕もクズだ」

「アザミは違う。おまえはやればできる子だ。俺なんかとつるんでないで、今度こそちゃんと大学行け」

積年の疑問が氷解した。人は殴り合ってもわかり合えない。使い道がないくせに心にたまっていく妙なエネルギーが、ちょっとすっきりするだけだ。

結局きちんと言葉で説き伏せなければ、自分の気持ちは相手に伝わらない。

「前に二浪パイセンが言ってたよな。僕たちがいいモチベーターだって」

「ああ。パイセンは意識高い系クズだからな」

「でもあれは、結構的を射ていると思う。僕らはふたりともクズだから、お互いにモチベーターが必要なんだよ。僕と宮前を一緒にすんな。あいつはクズじゃないからひとりでもできる。でも僕は池尻がいないと本当にただのメガネクズだ。あのときひとりで大学に入ったって、結局行かなくなるのがオチだ」

「アザミには申し訳ないが、そんな気がするな」

「だろ？　そしておまえだって、僕がいなければただの金髪クズ野郎だ。労働の喜びに目覚めたとか言ったくせに、結局バイトサボりやがって」

「それな。マジで就職する気だったんだけどなあ」

喫煙所で池尻に鼓舞され、ファミレスで僕がハッパをかける。僕たちはそうやってお互いに補わないと、まともなことすらもできない。

もちろん、いつかは僕たちだってバラバラになるだろう。『あんな友人は二度と得られない』と、ノスタルジーで今日を切り取る日が絶対にくる。

でも、それはいまじゃない。僕たちはまだ、旅の途中だ。

「アリクイさんが言ってただろ。ハンコは節目に作るものだって。節目を作るものじゃないんだよ。僕たちの節目なんて、まだまだずっと先だ」

「つまり、俺はまだクズのままってことか」

「それでいいだろ。おまえはクズのモチベーターだ。いままで通り、思うがままに行動すればいい。ケツは僕が拭いてやる」

「ええ……」

「引くなよ！　頼むからそのネタ引きずるなよ！」

池尻が笑った。まだまだ言うぞという顔で。

「クズのモチベーターって言うけどさ」

「久しぶりの『けどさ』だ」

「それってなんか、『くず餅《もち》食べた』みたいじゃね？」

「見晴用水の水かさくらい低いな、おまえの意識」

「勉強しないとな」

「遅れ取り戻さないとな」

「明日からな」

「明日からな」


で、いまに至る。明日からなんていつもの言い訳をしたわりには、ふたりとも結構マジメに勉強していた。十月は「いまさら勉強しても遅い」と、「本気を出すとかっこ悪い」のちょうど間くらいの時期だから、誰にも遠慮はいらない。

そして有久井印房は、環境的にも勉強がはかどる。

客はそれなりにいて各々しゃべっているのに、みんなが調度品の一部のように店になじんで悪目立ちしない。まるでそういう人間ばかり選んで、宇佐さんが入り口で選定しているかのようだ。

さすがにそんなホラーはないと思うけれど、アリクイさんを受け入れられるかどうかで、ある種の選別は済んでいる気がする。

「なあ池尻。結局、アリクイさんってなんなんだ」

集中力が散歩に出たので、僕は相棒を道連れにした。

「俺が知っているのはハンコ職人ってことだけだ。あの爪でチタンも彫るらしい」

「『ウルヴァリン』かよ」

「まあ似たようなもんじゃないか。実際に俺らの世界にヒーローがいたら、こんな風に接すると思うぞ」

そういうものかもしれない。店の客はみんなアリクイさんを「アリクイさん」として受け入れている。ときどきなんで動物がしゃべるのかと疑問に思ったりもするけれど、助けてくれた『スパイダーマン』のマスクを脱がすやつはいない。

からんと、ドアベルが鳴った。片手を上げて宮前が入店してくる。

「なにしにきたんだよ。もじゃもじゃはもじゃもじゃハウスでもじゃもじゃ交響曲でも弾いてろ」

「ひっでぇ。ちょっと池尻たちの顔見にきただけなのに。つかアザミの頭、なんで赤いの？　池尻に対抗してんの？」

「うっせ。バイトとピアノの練習で忙しいんだろモジャ。早く帰れモジャ」

「ひっでぇ。なんか語尾みたいになっててひっでぇ」

三人で笑っていると、「お待たせしました」と宇佐さんが注文を運んできた。

「いっつも後輩口調の大良くんが、友だちと普通にしゃべってるの新鮮だね」

「そっすか？　まあ文乃《ふみの》さんも印房のみんなも、俺より年上だし」

宮前と宇佐さんが、僕らの知らない話題を親しげに話している。

「おい待てモジャ。なんでおまえだけ宇佐さんから名前で呼ばれてるんだ」

「出たシットメガネ！　嫉妬とＳＨＩＴかかってるよこれ！」

悔しいことに、池尻のネタで宇佐さんが笑った。

「ふふ。それはですねー。大良くんの彼女が、偶然同じ苗字《みようじ》の宮前さんだからです」

「ちょっ、宇佐さん！　文乃さんは彼女とかじゃないっす。先輩っす」

あの麦わら帽子の女の子だろう。池尻と顔を見合わせる。

「やったの？」

僕たちが同時に言った瞬間、背筋がぞっとなった。恐る恐るに目を動かすと、宇佐さんが人を殺せそうなほど冷たい視線を、ふたりのクズに注いでいる。

「ナポリタン大盛り、冷めないうちにどうぞー」

僕たちはいそいそとフォークにスパゲティをからませた。そうしなければ息の根が止まりそうだった。

「ああ……クソうめぇ」

生を実感したように、池尻がいつもと同じセリフを言う。実際、酸味の飛んだケチャップと炭水化物の相性は抜群だ。だから池尻は次にこう言う。

「優しい味ぃ～」

それは女性タレントが食レポでよく使う慣用句だ。そういう料理は僕らに言わせれば「味が薄い」だけだけれど、アリクイさんのナポリタンは、米が食えそうなくらいしっかり味がついている。それでいて、するすると喉を通って胸焼けもしない。

だからこの場合の「優しい味ぃ～」は、「無限に食える」とか、「ナポリタンは飲み物」といった、のどごしを表現するバリエーションのひとつだ。

「マジでうまいよな。しかも全力疾走後にコーラと一緒に並べられても、躊躇《ちゅうちょ》なく選べるくらい、つるつる食える」

「なんか隠し味にマヨネーズ使ってるらしいぞ。しかし今日のは特にうまいな」

望口界隈《かいわい》で一番うまい『かぴばら野郎』のラーメンをすするように、池尻は口の周りをケチャップだらけにして、ずるずるとスパゲティを飲んでいる。

「それはたぶん、楽しい気分だからですよ」

声は隣のテーブル席から聞こえてきた。用水路沿いで会ったあの女の子が、ほんのり耳を赤らめて、クリームソーダのチェリーをつついている。

「確かにいまは、ゲームで難関クエストに挑んでいるような高揚感があるな」

うまくもまずくもないコーラを飲んでいた池尻は、そう感じたらしい。泥水みたいにクソまずい缶コーヒーを飲んでいた僕も、同じ気持ちだった。

「わたしも、ふたりのおしゃべりを聞いていると、いつもよりおいしいです」

女の子の目が、ちらちらと染めたばかりの僕の髪を見ている。

池尻と殴り合った昨日は、ハンコを作るような節目じゃない。でも僕にとっては忘れられない一日だ。だから今日の朝一番で、美容院に行ってきた。受験前のげんかつぎ、鳥居が好きなこの子へのお礼、そして僕自身のうだつを上げるために。

ちなみに池尻は、僕の赤髪を見てもニヤリと笑っただけだった。アリクイさんも特に反応なし。強いて言えば、小説家のハトとかぴおさんだけが、僕の頭に異様な警戒を示した。理由はちょっとわからない。

「この前はありがとう。きみの名前を教えてもらっていいかな」

僕は満面の笑みで女の子に問いかけた。なのに彼女は突然立ち上がり、「さよならっ」と走って店を出ていく。なぜだ。人に聞かれると恥ずかしい名前なのか？

「アザミくん、ちょっと署までご同行願おうか」

「あのな宮前。おまえらが思ってるようなことはないからな？」

「じゃあどんなことがあったんだエロメガネ」

「いつでも通報できるように110押しておくモジャ」

「その語尾気に入ったのかよ！　つかおまえこそ先輩とどうなんだよ」

苦し紛れに問い詰めると、宮前は渋々白状した。例の彼女は宮前の一年先輩だったけれど、もう大学を辞めたらしい。いまは軽井沢《かるいざわ》で働いているということで、先日は一ヶ月ぶりの再会だったそうだ。

「でもまあ、先輩とか言ってるけど結局好きなんだろ？」

「好きだけどさ。文乃さんはなんていうか、風通しのいい変わり者なんだよ。砂漠でもジャングルでも笑顔で歩いて、困っている人がいたら『どうぞ』ってポケットからカニの足を出すみたいな。だからみんな好きになるって」

僕と池尻は顔を見合わせた。なに言ってんだこいつは？

「そう言えば、ふみちゃんも言ってたなー。大良くんは、『流れ星が光っても願い事をしないで、落ちた場所に拾いに行こうとする人』だって」

宇佐さんが教えてくれた先輩さんの宮前評に、僕たちとは住む世界が違うことを思い知らされた。どうぞ末永くお幸せに。めくるめくふたりの芸術世界から出てこないでください。

やがて話題は池尻のした選択に移る。友人の才能をやっかむどころか、クズの自分から突き放そうとするなんて、ふとっちょバーンのくせにリーダーのクリスみたいなことするなと。

「いや、俺は池尻がクリスでいいんだと思うよ。実際リーダーだし、金髪だし」

言って宮前が笑う。僕らが文化祭の演奏をほめたときと同じ顔で。

「池尻のどこがリバー・フェニックスなんだよ。金髪なんてただの承認欲求だ。こいつはバーンと同じ『臆病の王様』だ」

「アザミのほうが承認欲求メガネだろ。なんだその朱肉頭」

「それでいいんじゃないかな。承認欲求のない十代なんて、クリープのないレディオヘッドみたいなもんだし」

「全然わかんねーよ。ストパーかけて出直してこいモジャ」

僕と池尻が同時に言い、宮前がもじゃもじゃと笑う。

「というか、俺は昔アザミに聞いたこと覚えてるよ。映画では小説家のゴーディとクリスが主役で、イカレメガネのテディとふとっちょバーンが脇役だけど、実際に撮影現場でクリスと一番仲がよかったのは、メガネのテディだったって。だから池尻はやっぱりクリスだよ」

僕は顔を伏せてナポリタンをかっこんだ。

赤髪と赤いナポリタンが、熱を持った頬を自然な色に見せてくれることを願って。

「ほんとうまいわー、アリクイさんのナポリタン」

「ツッコミ以外、下手メガネか」

僕たちは三人で笑った。

口の中の傷に、ケチャップがしみた。

ARIKUI no INBOU

小説家と珈琲とシグネットリング

～あとがきにかえて～

1

吾輩《わがはい》はハトである。名前はジョナサン・ハートミンスター。宇佐《うさ》嬢がいまだに名前を覚えてくれない、有久井《ありくい》印房《いんぼう》常連の『鳩なんとかさん』である。

生まれは英国ハロッズの軒下だったと思うが、物心ついたときにはカンタベリーの屋敷に住んでいた。早い話、成り上がりのボンボンである。

そんな吾輩がなぜ日本で文筆を生業《なりわい》にし、珈琲《コーヒー》を出すハンコ屋を根城にしているかと言えば、数奇な縁に導かれたと言うほかない。

本来の吾輩は、面はゆい私小説など書かぬたちである。しかし今回はどうしても伝えねばならぬことがあり、こうして筆をとらせていただいた。

出張る作者を嫌う向きもあろうが、長い「あとがき」と思ってご容赦願いたい。

2

吾輩の親父殿は小説家であった。祖父も曾祖父《そうそふ》も、もの書きであった。

我らはブンシバトの一族ゆえ、そうならざるを得ないのである。リョコウバトたちが絶滅の危機に瀕《ひん》しても、引きこもらなかったのと同じと言えよう。

しかし残念ながら、どの代もハトのくせに鳴かず飛ばずだった。親父殿などはフィッシュアンドチップスをくるんだ新聞紙をつついて飢えをしのいだというくらい、文筆だけではいかんともしがたい生活だったという。

そんな間の悪い折に、吾輩は生まれた。

しかしさすがの親父殿も、息子を紙で育てるつもりはなかったらしい。なけなしの金をくわえて身繕いを整えると、親父殿はジョブセンター……の隣にあったノミ屋に駆け込んだ。

つまり、博打《ばくち》である。作家がそれをすると無頼などと評されるが、息子に言わせれば無理心中も同然だ。後に『なぜ止めなかったのか』と母上を問い詰めると、『八羽の子育てに忙しくてそれどころではなかった』と申された。

吾輩はひとりっこである。母上が育てていたのはカッコーの子だ。悲しきかな、鳥類の性《さが》。外道なり、カッコーの親。

そんなわけでかわいい七つの他鳥の子、及び実子である吾輩のために、我らが親父殿は一世一代の勝負に出る。

さてなにを買おうかと迷っていると、背中におぶっていた赤子の一羽が、生後初めて「ふるっふー」と鳴いた。後の吾輩である。

親父殿はこれこそハトの一声と信じ込み、子の鳴き声に似たフットボールクラブの勝利に賭《か》け、見事に一攫千金《いっかくせんきん》を果たしたそうだ。

まあ長々と書いておいてなんだが、妙に面白エピソードが挿入されているので、この話はおそらく創作である。作家の逸話は話半分、いや話四分の一程度に聞くのがよろしい。やつらは盛る。

だが親父殿がなにがしかの方法で大金を得たことは事実で、以降はそれを元手に商売を始めた。

しかして才能というものは、どこにあるかわからないものである。親父殿の商売はなぜか大当たりし、いまではこんな極東の島国にまで、「ジョナサン不動産」や、「焼き鳥専科じょなさん」といった、吾輩の名を冠した社名を目にするようになった。

そんな親父殿の口癖は、『夢を諦めるのは悪いことじゃない。身近に幸せの青い鳥がいれば、むしろ正しい選択さ』、である。

この発言でわかる通り、吾輩は親父殿に溺愛《できあい》されていた。ゆえに片田舎ではあるが五エーカーの広大な敷地で、なに不自由なく、すくすくと育った。

まあ坊ちゃんと言っても、田舎育ちゆえ気性は荒い。吾輩は年端《としは》もいかぬ頃合いから、猫の尾を踏んづけたり、コヨーテに追いかけられる日々を送っていた。

それでもまあ、小金持ちの息子ではある。巷《ちまた》の医者や弁護士の子息同様、吾輩も年頃になると、寄宿舎学校に通う運びとなった。ブンシバトの吾輩がもの書きを目指すのは自明の理だが、転ばぬ先の杖を与えたいのが親心であろう。

かくして吾輩の寄宿舎生活は始まったが、正直うまくいったとは言えぬ。

いまもそうだが、当時の吾輩も一匹狼ならぬ一羽鳩だった。かの小説におけるカモメのリヴィングストン氏も、集団の中で孤独を貫いている。おおむねジョナサンと名のつく鳥は、そうなる運命なのだろう。

ただ吾輩は、ことさら会話やつきあいが苦手というわけでもない。確かに弁が立つほうではなかったが、嘴《くちばし》と翼があれば犬や猫とも意思の疎通はできる。

だが相手が人間となるとそうもいかない。吾輩はブンシバトゆえ言語を十分に理解しているが、人に通じる音域での発声ができないのだ。

ゆえに人とのコミュニケーションは筆談となるが、吾輩は筆記が苦手である。いやもちろん、ブンシバトなのだから書けなくはない。しかし初対面の相手に文字を見せても、「ミミズ食べたいの？」と首をかしげられるばかりだ。我が悪筆は、慣れるまで《》に時間を要する。

しかるに吾輩には友人がいなかったが、それは歓迎すべきことでもあった。別に負け惜しみではない。

寄宿舎学校は、各界から選《え》りすぐりの坊ちゃんが集まる学《まな》び舎《や》である。ゆえに右を向いても左を向いても、「いけ好かない」が服を着ている連中ばかりだ。そもそもからして、友好を深めたいと思える相手が皆無なのである。繰り返すが、負け惜しみではない。

そんなスノッブたちの中でも気に入らなかったのが、王家筋の成金貴族だ。金もあり、色男で、おまけに学年首席でボクシングクラブに所属するサウスポーのキャプテン。その上、版画クラブの代表まで務めるそいつのことを、周囲は敬意を込めて「カンピオーネ」と呼んでいた。イタリア語でチャンピオンを意味する言葉であるが、腹立たしいので「かんぴょう」と呼ぶことにしよう。

かんぴょうは性格が悪い。日頃から周囲にホテル王やらカジノ王の御曹司をはべらせては、吾輩のような伝統も家柄もないたたき上げを馬鹿にさせていた。

「おいハトがいるぞホテル王。この学校はいつから巣箱になったんだ?」

「親が金持ってりゃハトだって入れるさ。おまえが入れたんだからな、カジノ王」

「まったくだ。じゃあこいつの親鳥は、いったいどんなビジネスをしている？」

「たまたま金の卵を産んだのさ」

「まさに『ぽっとで』か。ぽっ、ぽっ、ぽっとで～。ハト、ぽっ、ぽっとで～」

それほど的外れでもないが、こういう輩《やから》は有無を言わさずつついてやる。その『ぽっ、ぽっ、ぽっとで』の動きは、ひよこちゃんであってハトではない。

しかし悲しいかな、多勢に無勢は勝てぬが道理。吾輩はことあるごとに取り巻きたちに襲いかかったが、いつもデコピン一発で返り討ちにされていた。

校舎の床で雑巾《ぞうきん》のように横たわる吾輩を、かんぴょうはいつも虫けらを見るような目で見下ろした。「ハトも鳴かずば撃たれまい」といった、薄ら笑いとともに。

屈辱である。かんぴょう自体は体も小さく、さほど強くはなさそうなのだ。おそらくボクシングクラブキャプテンの座も、金にものを言わせて手に入れたのだろう。

吾輩は自分の手を汚さぬ輩が大嫌いである。ついでに版画クラブに所属して、キャラの意外性を演出するようなやり口も気に入らない。

だがいくらトサカにきたところで、相手は言わば殿上人だ。吾輩がどれだけ翼をはためかせても、雲より高くは届かない。口惜しさに歯噛みする日々だった。まあ歯もトサカもないが。

しかしある日、幸運が天からぽろりと落ちてきた。この学校の伝統であった「バリツ」の授業で、吾輩はかんぴょうと直接対決することになったのだ。バリツはかの名探偵もたしなんだ、日本の柔道に似た格闘技である。日頃はデコピン一発でダウンする吾輩だったが、バリツでは機動性がものを言うはずだ。これは千載一遇のチャンスである。

はたして吾輩は、リングの中を自在に飛び回った。隙を見て文字通りかんぴょうの足下をすくい、イッポンを収めて勝利した。

かんぴょうは悔しげに「次は勝つ！　首を洗って待っていろ！」と言わんばかりの顔をしていたので、吾輩は勝利の舞でことさらに首を前後に振ってやった。ざまあみろである。

かくしてジョナサン・ハートミンスターの名は学内に響き渡った。

おおっぴらな声こそ上げないが、反かんぴょうの感情を持つものは多かったのだろう。吾輩はそこかしこで賞賛を浴びた。具体的には豆をもらった。うれしいが、ピスタチオの皮はむいてほしい。

そんな吾輩の人気に反して、かんぴょうの求心力は衰えた。ホテル王やカジノ王まで吾輩に豆をくれた。悪い気はしないが、グリンピースは火を通してほしい。

さて、校内における我々の立場は逆転したが、かんぴょうは腐らなかった。別に保存食だからという意味ではない。騎士道とエンターテイメントを重んじる我が校の伝統により、かんぴょうは吾輩に決闘を申し込んできたのだ。

まあやることはバリツの再戦なのだが、退屈極まりない寄宿舎生活において、吾輩たちの対決は大イベントとなる。当日は学校側も規則を緩め、試合会場ではソーセージやらビールが振る舞われた。吾輩にはカシューナッツである。嫌いではないが、吾輩だってたまにはウィンナーとかソーセージとか食べたい。

鳥類への偏見に嘆息しつつ、吾輩はカシューナッツをついばんだ。やがて満腹して顔を上げた折、体中に電気が走る。

校長がなにを勘違いしたのか、バリツの会場は一般客にも開放されていた。おかげでバスケットコートにしつらえられたリングの周囲には、地元ヨークシャーの人々がそれなりに集っている。

その中にひとり、東洋の少女がいた。年の頃は十四、五だろうか。いやなんとも言えぬ。見つけぬオリエンタルな顔立ちは、童女とも大人とも思えた。

涼やかな目元に、薄く笑みをたたえた小さな唇。雪原のように白い肌に、ほのかに赤く色づいた頬。どこまでも黒く、つややかに流れ落ちる一房の髪。

世の中にかくも美しい娘が存在するのかと、吾輩は焼き鳥一歩手前の状態になるほど、全身を恋の雷でしびれさせていた。

などとビリビリしているうちにゴングが鳴る。こんな試合はさっさと終わらせて彼《か》の女《ひと》を眺めんと、吾輩は素早くリングに舞い降りた。

すると対峙《たいじ》したかんぴょうの体が、以前よりも一回り大きく見える。どうやらかんぴょうはかんぴょうなりに、修練を積んできたらしい。とはいえ取り巻きの王子たちに比べれば、まだまだ小さいなりである。

吾輩は王者の貫禄《かんろく》を見せつけるべく、かんぴょうの出かたをうかがった。

そのときである。突然目の前が真っ白になったかと思うと、次の瞬間、吾輩は羽交い締めの状態でかんぴょうに組み伏せられていた。

「イッポン！」

歓声にわく会場。その中で、吾輩はただ一羽呆然《ぼうぜん》としていた。なにが起こったのかわからない。ひょっとして、イッポンを取られたのは吾輩か？

「やっぱり、しょせんハトはハトだなホテル王！」

「冷静に考えると、鳥が同級生っておかしいよなカジノ王！」

かんぴょうの取り巻きから野次が飛んできた。吾輩はまだ状況を把握できない。

彼の女を探して、いつも以上に首をくるっくる回す。見つけた。

「ふるっ……ふぅ……」

会場を去る黒髪の後ろ姿を見て、吾輩はようやく自らの敗北を悟った。

後にわかったことだが、かんぴょうが使った技は「ハトだまし」という。相手の顔の前でパンと手を打つ、日本の力士も使う技らしい。なんとも恐ろしい技である。吾輩鉄砲で撃たれたかと思って、完全に死んじゃってた。

しかし心まで死んだわけではない。

失意のままに進級するも、寄宿舎生活は五年である。そして吾輩とかんぴょうの決闘、「ビッグバリッ」は好評だったため、今年も行われる。

ならばやることは決まっている。吾輩は授業そっちのけで洞窟《どうくつ》にこもった。暗闇《くらやみ》の中で神経を研ぎ澄まし、ささいな物音にも動じない精神を養った。

おかげでちょっぴり夜目もきくようになり、吾輩は生まれて初めて夜を飛んだ。星空と家々の明かりの狭間《はざま》を飛翔したあの興奮は、いまも忘れることができない。

余談はさておき、万全の準備を整えた吾輩は二回目のビッグバリッに挑んだ。

しかし残念なことにまた負けた。

吾輩は開幕のハトだましを警戒していたのだが、かんぴょうの野郎が全然使ってこない。目を閉じ耳をすませていたら、普通にひょいってつかまれて、ぽいって投げられた。屈辱である。

「鳥みたいな小さな体で、人間に勝てるわけないよなぁ、ホテル王」

「それ言ったらカンピオーネだってたいがいだぜ、カジノ王」

「じゃあ脳みその問題か。ま、動物が人間さまに勝てる要素なんて――うわっ」

「おい、カジノ王！　しっかりしろ！　カジノ！　カジノ！　カジノー！」

あっけなく勝ったのが気に入らなかったのか、かんぴょうは憂さ晴らしをするように、取り巻きを投げ飛ばして去っていった。

しかしそんなことはどうでもいい。吾輩は首を回して彼の女を探す。

見つけた。去年と同じく、去っていく後ろ姿を。

吾輩は奮起した。来年こそはバリツを制し、彼の女の肩に乗ってみせると。

というわけで、一年間めちゃめちゃ修行して迎えた三回目のビッグバリツだが、惜しかった。実に惜しかった。吾輩はかなりのところまでかんぴょうを追い詰め、一度は膝をもつかせた。

「うーん、今回はちょっとヒヤッとしたけど、所詮《しょせん》は動物風情《ふぜい》だね、ホテル王」

「おい、いまの発言を取り消すんだメディア王。さもないとカジノ王みたいに……あっ、メディア王！　メディアー！」

前年に引き続き、またも取り巻きを投げ飛ばして去って行くかんぴょう。肩越しに吾輩を見たやつの目が、「おまえの力はそんなものか？」と言っていた。

こうなると認めざるを得ない。かんぴょうは吾輩を鳥風情と慢心せず、勝者となったあとも修行を怠っていなかった。こちらを見下すあの目は気に入らないが、やつは間違いなくカンピオーネである。まあ引き続きかんぴょうと呼ぶが。

吾輩は彼の女のことも忘れ、四回目のバリツに備えた。

ささみから手羽先まで全身を鍛えに鍛え、かつてはデコピン一発でダウンしていた吾輩が、古タイヤを首にぶら下げたまま時計塔の鐘をつつけるまでになった。

親父殿は『なんのために寄宿舎学校に入れたと思っているんだ！　肉体じゃなくてコネを作れ！』と、手紙でたいそうおかんむりだったが、これもジョナサンの名を持つ鳥の宿命である。吾輩はもっと高く飛びたい。

そして迎えた四回目のビッグバリツ。

「鳥の分際で人間さまに刃向かうからだ！　おまえみたいな動物が、小説家を目指しているなんてお笑いだぜ！　なあホテル王！」

「ああ……。おまえだけは『金持ちケンカせず』を地でいく利口なやつだと思っていたのに……石油王！　石油王ー！」

満身創痍《まんしんそうい》でぼろぼろになったかんぴょうが、例のごとくに取り巻きの人間を投げ飛ばす。吾輩はその光景を、リングの床から呆然と眺めていた。

一時間にもわたった死闘のさなかで、吾輩は少しだけかんぴょうのことがわかった気がする。

金も権力もほしいままのやつの立場なら、そもそもこんな馬鹿げた祭に参加する必要はない。ではなぜかんぴょうは戦うのか。

それがやつの矜持《きょうじ》だからだ。

家柄という責を負わされ、欲しいものも、欲しくないものもなんでも手に入り、親の敷いたレールの上を、声も出さずにただ歩いて行くだけの人生。誰もがやつの、正確に言えば父親の影の前にかしずき、嚙みついてくる人間などいない。

そこへ吾輩が現れた。倒されても倒されても不死鳥のごとくによみがえる相手との戦いに、かんぴょうは初めて「生」を見いだしたのだろう。

誰に強制されたわけでもない。やつはこの八角形のリングの中で、カンピオーネから解き放たれて、自由を、自分を、満喫していたのだ。

もはや吾輩たちの間に言葉はいらない。まあもともとしゃべってないけど。

吾輩は最後の戦いに悔いを残さぬよう、存分に心と体を鍛えた。

しかし残念ながら、我らの青春の日々は後味の悪い終わりを迎える。


卒業間近の最終戦、すべての決着をつける「ザ・ラストバリッ」の前日に、吾輩は親父殿の訪問を受けた。

よっぽどのことがない限り、寄宿舎学校に親がくるものではない。すわ母上が育児疲れで倒れたかと思いきや、親父殿の言葉は予想外のものだった。

『ジョナサン、最後のバリツで負けてほしい』

家業のことはとんとわからぬ吾輩だが、親父殿の会社がどこぞの卑怯者に圧力をかけられていることは理解できた。

ビッグバリツが始まってから、吾輩は一度も勝っていない。とはいえ一時間にもわたった前回の死闘を見て、どこぞの卑怯者が我が子に「転ばぬ先の杖」を用意したかったのだろう。かんぴょうが不憫でならなかった。

そしてラストバリツの日がやってくる。

会場には名も知らぬ彼の女もきていた。この五年で成長した横顔には、すっかり大人の色気がある。身につけた薄手の和装（のちに浴衣というものだと知る）は、実に留まり心地がよさそうだ。

吾輩は彼の女に声をかけたい。そのためには勝利を収めねばならない。

しかし吾輩が勝利すれば、一家十羽が路頭に迷う。たとえ血はつながっていなくとも、カッコーたちは共に育った弟だ。

試合開始のゴングが鳴った。泣いても笑ってもこれで最後である。

吾輩は全力で戦うことを選んだ。理由は答えるまでもない。

かんぴょうが、全力でくるからだ。

「ほーほー、ほっほー！」

吾輩はおたけびを上げながらリングの中央へ飛ぶ。

が、運命はときに残酷である。

吾輩、秒殺された。

うっかりハトだましに引っかかった。去年もおとしも使ってこなかったから、今年もこないって思い込んじゃってた。

会場はラストバリツの結果におおいに沸いた。勝者は常に勝者であると、王の子息たちがビールを片手に祝杯を挙げる。

「しかし負けることになっていたからって、秒殺されることはないだろうに。やっぱしょせんは鳥風情……えっ、ちょっ、うわあああっ！」

浮かれて裏工作を口走ったホテル王が、かんぴょうに思い切り投げ飛ばされた。

「おい」

いつも相手を見下していた目を見開き、かんぴょうが吾輩の元へやってくる。

「きみは、わざと負けたのか？」

思えばこの五年間で、まともにかんぴょうと話すのはこれが初めてだ。伝わるかはさだかでないが、吾輩も鳩胸をつかまれたまま発声を試みる。

「てっぺんかけたか」

吾輩は全力で戦って負けた。貴様は真のカンピオーネだ——そう伝えたつもりである。それが事実であったし、かんぴょう自身が卑怯者と通じていないことは、目を見ればわかった。

だが、かんぴょうは信じなかった。言葉が通じなかったわけではない。どう考えても、吾輩が秒殺されちゃったせいである。

やがて卒業式を迎えたが、ダンスパーティにかんぴょうの姿はなかった。

しかしそんなことはどうでもいい。

パーティ会場で、吾輩は思いも寄らぬ人に声をかけられたのだ。

「これをお持ちください」

彼の女である。イブニングドレスをまとった東洋の美女は、テーブルの上でアーモンドをついばんでいた吾輩に、風変わりな指輪を差し出してきた。

「カレッジリングです」

この国には卒業時に指輪を作る風習がある。といっても普通の指輪ではなく、印台リングと呼ばれる台座が幅広のものだ。なぜそんな指輪を作るのかと言えば、石の周囲に学校名や卒業年度を彫り込み、自身のルーツをひけらかすためである。

もちろん吾輩は大嫌いだ。学校からの製作打診も断った。

だが彼の女の手に乗ったそれは、形状こそ印台リングであるが、石の代わりにこの学校の校章が彫られていた。これはシグネットリングと呼ばれるもので、昔の貴族が自家の家紋を押印するために作ったハンコの一種である。手紙に蠟《ろう》で封をして、その上から家紋を押しつけて署名代わりとするものだ。

「少し、趣向が凝らしてあります」

彼の女はドレスの袂《たもと》からスタンプ台を出して指輪をあてがうと、テーブルに置かれていた紙ナプキンにぎゅっと押しつけた。

すると不思議なことが起こる。白い紙の上に現れたのは校章ではなく、少々いびつな「ジョナサン・ハートミンスター」という吾輩の名だったのだ。

「くるぽ……？」

はてとかしげた吾輩の首に、彼の女が紐《ひも》に通した指輪をかけてくれた。

「ハートミンスターさまはクラブにも所属していませんし、カレッジリングをお作りにならないだろうと。筆談が苦手でしたら、この指輪はサイン代わりとして役に立つと思います」

それゆえ吾輩のために作った、あるいは作らせたというのだろうか。彼の女はずっと会場の隅で、バリツを戦う吾輩を見ていたのか。

吾輩は感涙した。しかし彼の女はそこでぺこりと頭を下げ、パーティの人混みにまぎれていく。

「ぽっ、ぽっぽぽぽっぽ！」

ちょ、ちょっと待ってと会場中を探したが、あの後ろ姿はどこにもなかった。

後に聞いたところでは、彼の女は母国の日本へ帰ったそうである。もともとこちらにきていたのも、彼の女の両親が、かんぴょう一族が運営する会社の従業員だったためのようだ。

聞き込みの際に吾輩は彼の女の名を知った。「ユウコさん」というそうである。吾輩がその名を呼べる日は、いつかくるのだろうか？

3

その後の吾輩は、世界中を旅して回っていた。寄宿舎生活という鳥かごから解き放たれ、自由を満喫したかったのである。

吾輩がラストバリッに敗れたことに負い目を感じたのか、親父殿はもう四、五年ほど息子が放蕩《ほうとう》することを許してくれた。ならば吾輩はなんとしても、その間に小説家として身を立てねばならない。ニートリを脱却せねばならない。

行く先々のカフェで珈琲を飲みながら、吾輩はデビュー作の構想を練った。路銀が尽きるとデンショバトのふりで郵便局に潜り込み、夜は月の光を浴びながら、人気《ひとけ》のない路地裏でタイプライターをついた。

タイプライターはパソコンと違って電源がいらぬため、場所を選ばずに作業できるのがよろしい。代わりに音がうるさいため人目ははばかる。帯に短したすきに長しの代物だが、その不器用な存在に共感して、ノルウェーの質屋で月賦《げっぷ》購入した。

その際には、彼の女から授かったシグネットリングが役に立った。吾輩にとっては面倒なサインの代わりに、ぽんと指輪を押すだけでよいので重宝している。少々印影はいびつだが、それも彼の女のぬくもりが感じられてよい。

役に立ったと言えば、かんぴょうもそうだろう。寄宿舎生活で吾輩の筆記は上達しなかったが、やつとのバリツのおかげで体は鍛えられた。

いまの吾輩は、これほど重いタイプライターも軽々持ち運べる。この点だけはあの男に感謝したい。

そのかんぴょうだが、ヨルダンに行った折に、石油王から噂を聞いた。なんでもやつはラストバリツの後に家を出奔し、行方がまったくわからないらしい。

「俺は同室だったから知ってるけどさ、カンピオーネは跡を継ぎたくないって親ともめてたんだよ。なにかやりたいことがあったみたいだな」

敷かれたレールの上を歩かなければならないのは、資産家に生まれたやつの定めである。それに抗うなら、当然すべてを捨てることになるだろう。

しばらくしてラスベガスに飛んだ際には、カジノ王からおかしな話を聞いた。なんとあのかんぴょうが、裏社会でちょっとした顔になっているというのである。

「最初は用心棒から始めたって聞いたな。いまじゃ偽札作って悪徳業者の賭場《とば》を荒らしていらしい。信じられるか？　カンピオーネが庶民のヒーローだぜ？」

あの冷血漢のかんぴょうが、間接的とはいえ人助けなどにわかに信じられぬ。

吾輩は土産にもらったマカダミアナッツをついばみつつ、故郷へと羽ばたいた。そこでホテル王から聞いた話に首をひねりすぎ、吾輩はこてんと倒れてしまう。

「カンピオーネ、いまは日本でカフェの店員してるらしいぜ」

裏社会の顔からカフェ店員。いったいなにがかんぴょうをそうさせたのかと、横倒しになったまま考える。

「でもバカなやつだよな。あれほどの家に生まれたのに、全部捨てちまうなんて。所詮はあいつも——いたっ！　やめろ！　つつくな鳥！」

吾輩はタイプライターと指輪をぶら下げ、日本へと渡った。

別にかんぴょうが気になったわけではない。指輪のぬくもりに、彼の女を懐かしく思っただけである。

日本にきてからは、やはりカフェを巡りながら小説を書いていた（その際に吾輩の身に起こった不幸は、『アリクイのいんぼう』一冊目のあとがきを参照されたい）。

残念ながら彼の女は見つかっていない。母国と似た規模の島国ながら、この国は存外人口が多いのである。当然小さきかんぴょうなど、まったく目に入らなかった。

しかしなんの因果か、吾輩は縁もゆかりもないこの地において、小説家デビューが決まってしまった。まったく鳥生《ちょうせい》とはわからないものである。

そんなわけで、吾輩はこの国に長期滞在することとなった。

日々列島を飛び回って見聞を広め、それを嘴から解き放つ。文化の違いは異国と言うより異世界のように思えたが、創作意欲は存分に刺激された。かの文豪、小泉八雲《こいずみやくも》も同じ心持ちであったろう。

しかしこの国で困ることがひとつある。インクリボンがないのだ。

言語の違いで英文タイプライターが普及しなかったためか、ハト用はおろか、人間のものすらまともに取り扱っていない。おかげで古い文具店を見つけると、ほこりをかぶったインクリボンを根こそぎ買い占める有様だった。処女作の印税は、すべてリボン代に消えたと言っても過言ではない。

そう聞くと、多くのものがこう考えるであろう。

『そんな状況で、タイプライター壊れちゃったらどうすんの？』と。

吾輩がどうしたかと言えば、「途方に暮れた」である。

ぽちぽちと新作を書いていたある日、突然「E」が印字できなくなった。強くつついても、思い切り息を吹きかけても、「E」だけがうんともすんとも言わない。

吾輩はおおいに困った。こんな異国の地では、修理業者も見つかるまい。かといって母国へ帰る時間もない。なぜなら締め切りは明日である。

そこでふと思い出した。かつてアーネスト・ヴィンセント・ライトが、「E」を含む単語を使わず、五万語の小説を書いたことを。

だが残りの十数ページを「E」を使わず書いたところで、なんの賞賛が得られようか。吾輩は中途半端が嫌いである。

だったら「E」だけペンで書けという話だが、それではだめなのだ。物語の熱というものは、概して嘴から放たれるものである。ふたつの椅子に座ろうとすれば、その間に落っこちるだけと、ことわざにもあるではないか。

吾輩は人のいない公園のベンチにうずくまった。結構本気で憂鬱である。言い訳ばかりしていると思われるだろうが、吾輩はちゃんと書きたいだけなのだ。

視線の先ではドバトがのんきに菓子の空き袋をつついている。きっとやつらはなんにも考えていないだろう。うらやましい話だ。吾輩も生まれ変わったら普通のハトになりたい。いやそうでもないかな。

「ハトがハトを見ながらたそがれている……」

吾輩のいるベンチのすぐそばで、少女が不思議そうにこちらを見ていた。制服を着ているから高校生だろうが、どことなく抜け目なさそうな顔つきだ。

「ほっほーほっほ」

吾輩はほっといてくれとつぶやき、夕日を反射する貯水池に目を向けた。

「こっちの言葉がわかってるっぽい。店長とは違うタイプかな」

「くっくー、ほっほーほっほ」

いいからほっといてくれと返すと、少女が「ん？」と眉をひそめた。なぜか吾輩の鳩胸を凝視している。まあそこらのハトとは鍛え方が違うので、見たがる気持ちはわからないでもない。吾輩は大きく胸を張ってやった。

「そこのハトさん、なにかお困りでしたら、うちのお店にきませんか。店長ならきっとハトさんのお力になれますよ」

なにを勘違いしたのか、少女は妙な提案をしてきた。気持ちはありがたいが、店が骨董屋《こっとうや》でもない限り、行くだけ無駄足だろう。

「まあ力にはなれないかもしれませんけど、ここでたそがれていたって、なにも解決しませんよ？」

痛いところを突かれた。確かにこんな用水路沿いの公園で待っていても、タイプライターの修理業者は現れない。

「気が向いたら、わたしのあとについてきてくださいね」

少女がくるりときびすを返した。この国の人は「礼」を重んじるという。「礼」とは無償の親切、あるいは博愛精神に似たものだ。かような少女にまでその精神が受け継がれていることに感心し、吾輩は「ほほう」と鳴いた。

礼には礼をもって答えるべきだろう。そう考えて飛び立とうとしたところ、少女がおもむろに振り返った。

「念のためですけど、ハトさんお金持ってますよね？」

4

少女に導かれて着いた先には、赤いレンガ造りの建物があった。そのたたずまいから察するに、どうやら喫茶店のようである。

有久井印房

吾輩は漢字が不得手ゆえに、ひさしに書かれた屋号は読めない。しかし世界のどこでもカフェと呼ばれる飲食店は店先にメニューが並び、珈琲の香りを漂わせているものである。ここも同様の景観を見せているのだから、当たらずしも遠からじであろう。

「てんちょー、カモ……じゃない。ハト連れてきましたよー」

入り口のドアを開け、少女が言い放った。

どうも少女は店の従業員だったらしい。なんのことはない。少女は礼を重んじたわけではなく、単にヒマ鳥《どり》を見つけて呼び込みしただけだったのだ。

ハトをカモ扱いするなど言語道断。吾輩は少女をつっつくべく急降下する。

すると、カウンターの内側から予期せぬ声がかかった。

「いらっしゃいませ。あ、ブンシバトですね。珍しい」

発言者を見て驚く。なんとミナミコアリクイである。吾輩も世界各地を飛び回ってきたが、カフェで働くアリクイは初めて見た。

「なにやらお困りっぽかったので。ハトさんご注文は？」

少女にメニューを差し出され、吾輩は反射的にカウンターに留まってしまった。習慣とは恐ろしいものである。

しかしもっと恐ろしいのは、メニューにこれを発見したときだ。

『ウィンナコーヒー』

吾輩もこの国にきてそれなりであるので、漢字は無理でもカタカナは読める。職業がら言葉もかなり覚えているので、それが「ウィンナーの入っている珈琲」を意味する言葉だと理解できた。

ウィンナーはソーセージの一種であり、基本的にはビールのつまみである。この国ではタコの形に切って弁当に詰めたり、おでんの具にしたりするらしい。

それだけでも吾輩には理解の範疇《はんちゅう》を超えているが、ウィンナーを珈琲に浮かべるという発想はどこから出てくるのか。アリばかり食っている種の考えることはさっぱりわからない。しかし興味はいたくそそられた。

「ふるふるぽー」

「かしこまりました。少々お待ちください」

吾輩がウィンナコーヒーを注文すると、アリクイは目礼してミルをごりごり回し始めた。やはり直接会話ができるのは素晴らしい。編集部からも遠くないし、味がよければひいきの店にしてやらんでもない。

しばらくして店内によい香りが漂ってきた。吾輩は目を閉じて匂いを楽しむ。もの書きを生業とするものは、人鳥を問わず珈琲に目がない。

「どうぞ。ウィンナコーヒーです」

カウンターの上に湯気の立つカップが置かれた。

だが肝心のウィンナーが入っていない。代わりに珈琲の黒に浮いているのは、どうやらホイップクリームのようである。

「ふるっふい？」

「ああ、そうですね。オーストリアの『アインシュペンナー』と似たものを、日本では『ウィーン風』という意味を込めて、ウィンナコーヒーと呼ぶんです。ご希望でしたらウィンナーもお出しできますが」

「えー？　もしかしてこのハトさん、ウィンナコーヒーにウィンナーが入ってるとか思っちゃったんですか？　いまどき小学生でもそんなこと言わないのに」

少女がくすくす笑ったので、吾輩はむっときた。この娘は見た目に反して性格が悪い。彼の女とは大違いである。ちょっとばかり灸《きゅう》を据えてやろう。

「そ、そう言えば、なにかお困りだとか。ぼくは店長の有久井《ありくい》です」

吾輩の怒りを察したのか、店長氏が素早く話題を変えた。少女の態度は気に食わぬが、ひとまずは翼を納めて事情を話す。

「なるほど。タイプライターの修理ですか」

吾輩はうなずきつつ、ウィンナコーヒーをすすった。

「ぽっ？」

驚いた。味にではなくその温度にである。吾輩は結構な時間をしゃべっていたはずだが、珈琲がまるで冷めていない。

「いえ、高温で入れたのではなく、ホイップクリームが蓋の役目をするんです」

「ほほう」

なるほど。「冷めてもうまい」の上を行く、「冷めない珈琲」か。執筆中は長《なが》っ尻《ちり》になるもの書きには、実にありがたい工夫と言えよう。

感心しながら二口目をすすると、今度はその味にうならされた。

珈琲に浮かぶホイップクリームを見て、吾輩は巷のおしゃれカフェで飲める「なんちゃらかんちゃらほげほげーの」的な味を想像していた。ところがどっこい、実際のウィンナコーヒーはかなりのストロングスタイルである。

クリームが溶けだした部分は、カプチーノに似た「甘さで際立つ苦み」があるのだが、珈琲単体で飲んでも、また別の「甘さで際立つ苦み」があった。

「コーヒー自体を濃い目に入れて、底にあらかじめザラメを沈めています」

「ほほう」

それがスタンダードなのか店長のアイデアなのかはわからぬが、ウィンナコーヒーはずいぶんユニークな飲み物である。

一見すると邪道に思われるが、上に乗ったホイップクリームの甘みがいい。吾輩もたまに『シンプルなショートケーキ食べたいなー』的気分になることがあるが、あれは別にイチゴやスポンジケーキを求めているわけではない。『ちょっとだけ生クリーム舐めたい』程度の心持ちなのだ。ウィンナコーヒーは、その願望をほどよく満たしてくれる。

「くるっく」

「『漢《おとこ》の飲み物』ですか？　ええ。確かにウィンナコーヒーは、見た目よりは男性向けかもしれませんね」

吾輩はすっかりウィンナコーヒーのファンになってしまった。この物静かな店主もなかなかに話せる。できるなら、明日からはここで執筆したい。

しかしそのためには、まず『E』を打てるようにせねばならない。吾輩はなんとかならぬかと店主に鳴きついた。

「そう言えばかぴおくん、印刷機の修理もできるって言ってたよね？」

有久井氏が首を向けた先、カウンターの端にノートパソコンが置いてあった。その前に、虫けらを見るような目をした茶色い生き物が座っている。

見覚えがあるどころではない。

そこにいたのは、かんぴょうだった。

「こっ、こけっ、こけっ！」

驚きのあまり、声が裏返ってニワトリになる。

「あー、やっぱりハトさん、かぴおくんの知り合いだったんですね。同じ指輪を持ってるから、そうじゃないかなーと思ったんです」

少女が見ていたのは吾輩の鳩胸ではなく、首からかけた指輪だったらしい。

しかし同じ指輪とはとかんぴょうを見ると、その毛の薄い左手の指先に、母校の校章が入ったカレッジリングがはめられていた。

「その指輪って、かぴおくんが自分でデザインして彫ったんだよね。じゃあハトさんとは親友？」

少女の言葉に愕然とした。この指輪は、彼の女が彫ってくれたものではなかったのか？　それどころか、かんぴょうが彫っただと？

「かぴおくんは、うちのお店で名刺とかスタンプのデザインをしてるんですよー。忙しいときは厨房にも立ってくれます」

吾輩は開いた口がふさがらない。だってこいつはかんぴょうだぞ？　あのカピバラグループの御曹司だぞ？　立つべき場所は厨房ではなく、世界の頂点だぞ？

いまだ目を白黒させる吾輩を、かんぴょうの冷淡な目が一瞥《いちべつ》した。

「タイプライターを修理するには、条件がある」

どこか信じられない気持ちだったが、それはまさしくかんぴょうの声だった。

5

あの日から、吾輩は有久井印房に居着くようになった。

かんぴょうが修理してくれたタイプライターは快調である。やつがどこでそんな技術を身につけたのかは聞いていない。ラスベガスで偽札を作っていた過去は、しょせん噂だ。タイプライターもスタンプも、仕組みは似たようなものだから直せた。ひとまずはそう思うことにしている。

かんぴょうは昔と同じく、いまも寡黙だ。ときどきぼそりとキザなセリフを吐いたり、日本語の練習で気に入っただじゃれを口にすることがあるが、基本的にはほとんどしゃべらない。ゆえに卒業以来やつがどんな生きかたをしたのかは不明である。

とはいえ、店内で観察していると色々とわかった。

かんぴょうの仕事は名刺やスタンプの企画製作である。自らパソコンでデザインを起こし、客が気に入れば奥の工房でゴム印を作製する。

その間やつはずっと冷ややかな目をしているが、できあがった製品を見て客が喜ぶと、少しだけ目を細めた。吾輩とバリツで戦っていた際によく見せた目だ。相手が子どもであると、その目はますます細くなっていく。

おそらくこれが、かんぴょうの「やりたかったこと」なのだろう。銀河を渡るレールの上を歩くより、しっかりと大地に埋まった路面電車の線路をまたぎたい。そんな結論に至る旅を、あいつは続けてきたのだと思う。

そう言えば、学生時代もかんぴょうはさりげなく版画クラブの代表者だった。あれは意外性の演出ではなかったようである。

というのも、あの日かんぴょうが吾輩につきつけてきた「タイプライターを直す条件」も、それに関係したものだったのだ。

『きみがぶら下げているその指輪を、店長に彫り直させてほしい』

吾輩が彼の女から受け取ったこのシグネットリングは、もともとはかんぴょうの習作だったらしい。誰かに渡すどころか見せるつもりもなかったものを、彼の女が勝手に持ち出したということのようだ。

彼の女がなぜそんなことをしたのかについては、ひとまず置いておこう。

この条件に、有久井氏は両手を広げて威嚇のポーズを取りつつ猛反対した。

カレッジリングとして製作されたものであっても、シグネットリングの主な用途はハンコである。新しいハンコを彫るのは構わないが、まだ使える指輪の印面を削り取るのは、最初に彫った職人を侮辱するようで好ましくない、ということらしい。

しかし今回の場合、彫った本人が依頼しているのである。『きちんとしたハンコにしてほしい』と。そうでなければタイプライターは修理しないと。

吾輩には、かんぴょうが指輪を彫り直したがる理由がわからなかった。出来が気に入らないのであるならば、ひとこと「捨てろ」と言えばいい。もちろんそうする気はないが、この条件でかんぴょうになにか得があるようには思えない。

有久井氏とかんぴょうの議論は延々と続いた。おそらくは職人の意地と誇りの問題なのだろう。吾輩は当事者なのに蚊帳《かや》の外である。

やがて営業時間の終わりが近づき、吾輩が宇佐嬢に七並べで三十二連敗した頃、ようやく有久井氏が折れてくれた。おかげでどうにか締め切りには間に合った。

そうして吾輩は、美しい文字に彫り直されたシグネットリングを手に入れた。前のいびつな「ジョナサン・ハートミンスター」も嫌いではなかったが、これはこれでよいものである。

だが習作とはいえ吾輩の名を彫ったのだから、かんぴょうのやつ、最初から指輪を吾輩にくれるつもりだったのではないか？

店内にふたりきりのときに尋ねてみたところ、「全校生徒分彫った」とすげなく返された。どころか「逆に聞きたいね。僕がきみだけに彫る理由を」と、せせら笑われた。かんぴょうは吾輩へ憎まれ口をたたくときだけ饒舌になる。

相変わらず嫌味なやつだが、吾輩も卒業後はかんぴょうを憎からず思っていた。温める旧交こそないが、母国から離れた遠い異国で再会したのだから、もう少し親しくなってもよいだろう。そんな風に思っていた。

しかしあるとき、吾輩はかんぴょうこそは生涯の敵だと思い知る。

有久井印房の向かいには、一寸堂《いっすんどう》という文具店があった。週四営業というなかなかにストロングスタイルな店である。

その日、いつものようにテーブル席で執筆していた吾輩は、タイピングに疲れてなんの気なしに首を動かした。すると一寸堂で店番に立っていた人物と目が合い、豆鉄砲で撃たれたごとくに仰天する。

彼の女である。吾輩のバリツを五年間見守ってくれたあの少女が、すっかり大人になって文具店で悠然と微笑んでいたのである。

吾輩がコケコケとニワトリめいていると、事情通の宇佐嬢が教えてくれた。

彼の女は数年前に一寸堂の主人に嫁ぎ、理髪店も営む夫に代わって文具店を切り盛りしているらしい。その愁いを帯びた表情に町内の男どもはころりとやられ、彼の女を「チョットさん」という愛称で呼び、用もないのに店に入り浸るそうだ。

一寸堂が週休三日であるのは、夫人が家族と休日を合わせるためだという。というのも主人は初婚ではなく、すでに一人娘も成人しているため、夫人は家族との時間をことさら大事にしているのだそうだ。

しかし肝心なのはここからである。

かんぴょうが有久井氏のもとで働くようになったのは、チョット夫人の紹介があったためらしい。しかし夫人とかんぴょうがどのような関係であるのかは、宇佐嬢ですらつかめていないという。

だが吾輩にはわかった。チョット夫人が店の中からかんぴょうを見る目は、吾輩がテーブル席から一寸堂の彼の女を見る目と同じである。

それを悟った日から、吾輩はかんぴょうと親しくなろうという考えを捨てた。隙を見せればバリツで対決もした。まあ有久井氏に威嚇ポーズで仲裁されるため、いまもって勝利を収めたことはないが。

しかし吾輩は、いつの日か必ず、あの半寝ネズミ野郎を倒さねばならない。

そうでなければ、「家族思い」である夫人の週休三日が、嘘になってしまうではないか。人妻でありながらかんぴょうに懸想していることの「罪滅ぼし」として、店休日には家族との時間を大切にしているように思えてしまうではないか。

だから吾輩はかんぴょうに勝たねばならない。やつに勝って彼の女の目を覚ますため、吾輩はこの店にいるのである。

しかしながら吾輩とかんぴょうが戦っていると、通りを隔てた一寸堂で、チョット夫人はいつも嬉しそうにしていた。あのたおやかな微笑みを見ていると、吾輩が邪推しているだけのような気がしないでもない。

彼の女はまるで、縁を見守る神木のようだととときどき思う。

6

タイプする首が疲れたら有久井氏に珈琲を頼み、あちちとさえずりながら窓の外を見る。向かいの一寸堂で店番をするチョット夫人を眺め、そっとため息をつく。そうして周囲の迷惑にならない程度に、また静かに首を振って文字を打つ。

それが、ここ数年の吾輩の日常だ。

たまに本書の取材を兼ねて、店内を観察することもある。

隅のテーブル席で紅茶を飲んでいる青年は、テーブルの上に外した腕時計や財布を等間隔で並べている。この手の輩は常に人から見られることを意識しているため、そのうち駅前のおしゃれカフェにでも移動するだろう。おそらく有久井氏やかんぴょうの存在にも気づいていないはずだ。

カウンターでコーラを飲んでいる学生は、吾輩を見習うべきである。スマートフォンを見ながら置いたコーラのストローをくわえているため、非常に姿勢が悪い。近ごろこういう手合いが男女を問わず増えている。スマホを見るなとは言わぬが、ときどきはハトのように胸を張って世界を眺めてほしいものだ。そうすれば有久井氏のような存在を見落とすこともない。

一人席のＯＬ風が、テーブルの下でパンプスを脱いで足をこすり始めた。すぐさま宇佐嬢がエアコンの温度を上げる。女子高生の頃に比べると、嬢は客引き以外も達者になった。口の悪さは変わらぬが、いつでも人をよく見ている。

有久井氏のことはいまだによくわからない。この店主がアリクイであるのに人語をしゃべることは、（吾輩にとって）さほど不思議ではないが、どうも吾輩やかんぴょうとは出自が異なる気がするのだ。

というのも、客のメガネが突如髪の毛を赤く染めてきた日、吾輩とかんぴょうはおおいにおののいた。赤は自然界において警告の色である。その身に毒を宿している生き物は、おおむね体色が赤い。

しかし有久井氏は赤髪を見ても特に反応を示さなかった。仕事柄朱色に見慣れているのかもしれないが、それはかんぴょうも同様である。

しかるに有久井氏は、動物でもなく人でもない。そのくせそのどちらでもあるように、吾輩には感じられるのだ。

まあいまさら正体を暴こうとは思わないが、やがて吾輩が母国に帰る折には、ひとつふたつは過去の話も聞けるのではないかと思っている。

最後にかんぴょうのことに触れる前に、本書にて取り上げた客人たちの後日談を書いておこう。

有久井氏はよく「縁」という言葉を口にする。それを単なる偶然と切って捨てるのはたやすい。吾輩がここで珈琲をすすりながら小説を書いているのも、「縁」というよりは「宿命」である。

だがこうして店の奥から印房を訪れる面々を見ていると、その悲喜こもごもを表すには、「縁」以外に適当な言葉がないのも事実だ。

この春、印房でちょっとしたパーティが行われた。

いつもなら休業日である日曜に、見晴用水で灯籠流《とうろうなが》しを見物しつつ、とある男女が結婚式の三次会を行ったのだ。従業員はもちろんだが、吾輩のような常連客まで招かれたのは、新婦に色々と思うところがあったのだろう。

いつも騒がしい金髪と赤髪の常連は、これまた常連のもじゃもじゃと、初めて見る小太りの男を連れてバンド演奏をした。一曲終えた時点で周辺から苦情があり、結成即解散となった。当たり前である。念願かなって大学に合格したとは言え、やつらは無闇に浮かれすぎだ。

クリームソーダの少女も、友人ふたりを伴いダンスなどを披露した。週末に望口の駅をぽっぽとぶらつくと、「ゆかりデッキ」と呼ばれる歩行者通路で、少女たちがダンスの練習をしているのを見かける。建物のガラス窓に自分を映して踊る少女は、初めて印房を訪れたときと比べて、表情に自信が満ちていた。

少女をこっそり見つめて涙している父親の姿は、見ないふりをしてやる。あの父親は娘の敵に対し、「縁を切る」という選択をした。娘と同じ視点に立たなければできない、母の愛にも似た漢《おとこ》の決断である。

無関係な人と人、あるいは人と人以外のなにかの間に生まれたつながりを、我々は「縁」と呼んでいる。

しかし吾輩が有久井印房で見てきた「縁」は、つながりの誕生だけではない。互いにネガティブな親子や、思い込みですれ違う男女や、ひねくれすぎた友情という、ほつれた縁が再びより合うところも目《ま》の当たりにしてきた。

この先、吾輩にもそういう複縁があるやもしれぬと、首から下げたシグネットリングを見て思わないこともない。

壁にかかったカモノハシの絵を挟んで対極にいる鳥と獣もまた、「因縁」という縁がほつれた存在である気がしないでもない。

さて、ここまで長々と書いてしまったが、吾輩が伝えたいことはひとつである。

作中でかんぴょうは「かぴお」と呼ばれているが、これはやつがカピバラ属であることとは関係がない。

無口なかんぴょうから名前を聞き出す際、宇佐嬢は「こっくりさん」を用いたそうだ。その際かんぴょうは、自らを「カンピオーネ」と名乗りたかったのだろう。

しかし来日したてで日本語があやふやであったため、「かぴお」になってしまったと思われる。

吾輩、大爆笑である。いやあ書いてやった書いてやった。ざまあみろである。

これにて用は済んだので、謝辞に移らせていただこう。

まずは今回も登場を快諾してくれた印房の面々と、出演依頼が伝わったかどうか定かではないが、来訪者諸氏にお礼を述べたい。

また、毎度のことで申し訳なく思いつつ、気長に原稿を待ってくれた担当編集氏にお詫びを、そして作中の様々なシーンや、人物や、食事を、そのイラストで書き手以上に読者に伝えていただいたイラストレーターの佐々木《ささき》よしゆき氏に、心からの感謝を申し上げたい。

それではまた会う日まで、ごきげんよう。

ジョナサン・ハートミンスター

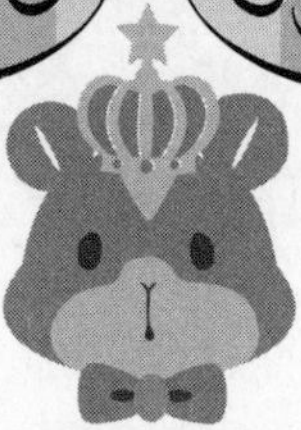

挿絵を担当させて頂きました。
暖かな世界観を持つこの作品にまた触れることが出来、一読者としてもとても嬉しく思います。どれも楽しく制作させて頂きましたが、特に一巻の頃より描きたいと願っていたハートミンスター氏を描けとても大満足です。

佐々木よしゆき

鳩見すた

著作リスト

アリクイのいんぼう　家守とミルクセーキと三文じゃない判（メディアワークス文庫）
アリクイのいんぼう　運命の人と秋季限定フルーツパフェと割印（同）
占い師　琴葉野彩華は占わない（単行本　KADOKAWA 刊）
ひとつ海のパラスアテナ（電撃文庫）
ひとつ海のパラスアテナ2（同）
ひとつ海のパラスアテナ3（同）
この大陸で、フィジカは悪い薬師だった（同）
続　この大陸で、フィジカは悪い薬師だった（同）

本書は書き下ろしです。

この物語はフィクションです。実在の人物・団体等とは一切関係ありません。

◇◇メディアワークス文庫

アリクイのいんぼう

運命《うんめい》の人《ひと》と秋《しゅう》季《き》限定《げんてい》フルーツパフェと割印《わりいん》

鳩《はと》見《み》すた

2017年12月22日　初版発行

発行者　**郡司 聡**
発行　株式会社**KADOKAWA**
〒102-8177　東京都千代田区富士見2-13-3
プロデュース　**アスキー・メディアワークス**
〒102-8584　東京都千代田区富士見1-8-19
電話03-5216-8399（編集）
電話03-3238-1854（営業）
装丁者　渡辺宏一（有限会社ニイナナニイゴオ）
印刷・製本　旭印刷株式会社

※本書の無断複製（コピー、スキャン、デジタル化等）並びに無断複製物の譲渡及び配信は、
著作権法上での例外を除き禁じられています。また、本書を代行業者などの第三者に依頼して複製する行為は、
たとえ個人や家庭内での利用であっても一切認められておりません。
※製造不良品は、お取り替えいたします。購入された書店名を明記して、
アスキー・メディアワークス　お問い合わせ窓口あてにお送りください。
送料小社負担にて、お取り替えいたします。
但し、古書店で本書を購入されている場合は、お取り替えできません。
※定価はカバーに表示してあります。

© SUTA HATOMI 2017
Printed in Japan
ISBN978-4-04-893577-7 C0193

メディアワークス文庫　http://mwbunko.com/
株式会社KADOKAWA　http://www.kadokawa.co.jp/

本書に対するご意見、ご感想をお寄せください。
あて先
〒102-8584　東京都千代田区富士見1-8-19　アスキー・メディアワークス
メディアワークス文庫編集部
「鳩見すた先生」係

メディアワークス文庫は、電撃大賞から生まれる！

おもしろいこと、あなたから。

電撃大賞

作品募集中！

自由奔放で刺激的。そんな作品を募集しています。
受賞作品は「電撃文庫」「メディアワークス文庫」からデビュー！

電撃小説大賞・電撃イラスト大賞・電撃コミック大賞

賞（共通）	
大賞	正賞＋副賞300万円
金賞	正賞＋副賞100万円
銀賞	正賞＋副賞50万円

（小説賞のみ）

メディアワークス文庫賞
正賞＋副賞100万円

電撃文庫MAGAZINE賞
正賞＋副賞30万円

編集部から選評をお送りします！
小説部門、イラスト部門、コミック部門とも1次選考以上を
通過した人全員に選評をお送りします！

各部門（小説、イラスト、コミック）
郵送でもWEBでも受付中！

最新情報や詳細は電撃大賞公式ホームページをご覧ください。

http://dengekitaisho.jp/

編集者のワンポイントアドバイスや受賞者インタビューも掲載！

主催：株式会社KADOKAWA　アスキー・メディアワークス

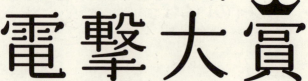

有久井印房のスタッフ＋αのご紹介

アリクイのいんぼう
運命の人と秋季限定フルーツパフェと割印

鳩見すた
イラスト◎佐々木よしゆき

かわいくて味わい深い面々が織りなす物語をお楽しみください

デザイン©鈴木 亨